幹校六記

及將飲茶等篇

目錄

幹校六記

目錄

將飲茶

幹校六記

小引

錢鍾書

楊絳寫完《幹校六記》，把稿子給我看了一遍。我覺得她漏寫了一篇，篇名不妨暫定為〈運動記愧〉。

學部在幹校的一個重要任務是搞運動，清查「五一六分子」。幹校兩年多的生活是在這個批判鬥爭的氣氛中度過的；按照農活、造房、搬家等等需要，搞運動的節奏一會子加緊，一會子放鬆，但彷彿間歇瘧，疾病始終纏住身體。「記勞」，「記閒」，記這，記那，都不過是這個大背景的小點綴，大故事的小穿插。

現在事過境遷，也可以說水落石出。在這次運動裏，如同在歷次運動裏，少不了有三類人。假如要寫回憶的話，當時在運動裏受冤枉、挨批鬥的同志們也許會來一篇〈記屈〉或〈記憤〉。至於一般羣眾呢，回憶時大約都得寫〈記愧〉。或者慚愧自己是糊塗蟲，沒看清「假案」、「錯案」，一味隨著大夥兒去糟蹋一些好人；或者（就像我本人）慚愧自己是懦怯鬼，覺得這裏面有冤屈，卻沒有膽氣出頭抗議，至多只敢對運動不很積極參加。也有一種人，他們明知道這是一團亂蓬蓬的葛藤帳，但依然充當旗手、鼓手、打手，去大判「葫蘆案」。按道理說，這類人最應當「記愧」。不過，他們很可能既不記憶在心，也無愧怍於心。他們的忘記也許正由於他們感到慚愧，也許更由於他們不覺慚愧。慚愧常使人健忘，虧心和丟臉的事總是不願記起的事，因此也很容易在記憶的篩眼裏走漏得一乾二淨。慚愧也使人畏縮、遲疑，耽誤了急劇的生存競爭；內疚抱愧的人會一時上退卻以至於一輩子落伍。所以，慚愧是該淘汰而不是該被培養的感情；古來經典上相傳的「七情」裏就沒有列上它。在日益緊張的近代社會生活裏，這種心理狀態看來不但無用，而且是很不利的，不感覺到它也罷，落得個身心輕鬆愉快。

《浮生六記》——一部我不很喜歡的書——事實上只存四記，《幹校六記》理論上該有七記。在收藏家、古董販和專家學者通力合作的今天，發現大小作家們並未寫過的未刊稿已成爲文學研究裏發展特快的新行業了。誰知道沒有那麼一天，這兩部書缺掉的篇章會被陸續發現，補足塡滿，稍微減少了人世間的缺陷。

一九八〇年十二月

一、下放記別

中國社會科學院，以前是中國科學院哲學社會科學部，簡稱學部。我們夫婦同屬學部；默存在文學所，我在外文所。一九六九年，學部的知識分子正在接受「工人、解放軍宣傳隊」的「再教育」。全體人員先是「集中」住在辦公室裏，六、七人至九、十人一間，每天清晨練操，上下午和晚飯後共三個單元分班學習。過了些時候，年老體弱的可以回家住，學習時間漸漸減為上下午兩個單元。我們倆都搬回家去住，不過料想我們住在一起的日子不會長久，不日就該下放幹校了。幹校的地點在紛紛傳說中逐漸明確，下放的日期卻只能猜測，只能等待。

我們倆每天各在自己單位的食堂排隊買飯吃。排隊足足要費半小時；回家自己做飯又太費事，也來不及。工、軍宣隊後來管束稍懈，我們經常中午約會同上飯店。飯店裏並沒有好飯吃，也得等待；但兩人一起等，可以說說話。那年十一月三日，我先在學部大門口的公共汽車站等待，看見默存雜在人羣裏出來。他過來站在我旁邊，低聲說：「待會兒告訴你一件大事。」我看看他的臉色，猜不出什麼事。

我們擠上了車，他才告訴我：「這個月十一日，我就要走了。我是先遣隊。」

儘管天天在等待行期，聽到這個消息，卻好像頭頂上著了一個焦雷。再過幾天是默存虛歲六十生辰，我們商量好：到那天兩人要吃一頓壽麵慶祝。再等著過七十歲的生日，只怕輪不到我們了。可是只差幾天，等不及這個生日，他就得下幹校。

「爲什麼你要先遣呢？」

「因爲有你。別人得帶著家眷，或者安頓了家再走；我可以把家撂給你。」

幹校的地點在河南羅山，他們全所是十一月十七日走。

我們到了預定的小吃店，叫了一個最現成的沙鍋雞塊——不過是雞皮雞骨。我舀些清湯泡了半碗飯，飯還是噎不下。

只有一個星期置備行裝，可是默存要到末了兩天才得放假。我倒藉此賴了幾天學，在家收拾東西。這次下放是所謂「連鍋端」——就是拔宅下放，好像是奉命一去不復返的意思。沒用的東西、不穿的衣服、自己寶貴的圖書、筆記等等，全得帶走，行李一大堆。當時我們的女兒阿圓、女婿得一，各在工廠勞動，不能叫回來幫忙。他們休息日在家，就幫著收拾行李，並且學別人的樣，把箱子用粗繩子密密纏捆，防旅途摔破或壓塌。可惜能用粗繩子纏捆保護的，只不過是木箱、鐵箱等粗重行李；這些木箱、鐵箱，確也不如血肉之軀禁得起折磨。

禁受折磨，就叫鍛鍊；除了準備鍛鍊，還有什麼可準備的呢？準備的衣服如果太舊，怕不禁穿；如果太結實，怕洗來費勁。我久不縫紉，胡亂把耐髒的綢子用縫衣機做了個毛毯的套子，準備經年不洗。我補了一條褲子，坐處像個布滿經線、緯線的地球儀，而且厚如龜殼。默存倒很欣賞，說好極了，穿上好比隨身帶著個座兒，隨處都可以坐下。他說，不用籌備得太周全，只需等我也下去，就可以照看他。至於家人團聚，等幾時阿圓和得一鄉間落戶，待他們迎養吧。

轉眼到了十一日先遣隊動身的日子。我和阿圓、得一送行。默存隨身行李不多，我們找個旮旯兒歇著等待上車。候車室裏，鬧嚷嚷、亂烘烘人來人往；先遣隊的領隊人忙亂得只恨分身無術，而隨身行李太多的，只恨少生了幾雙手。得一忙著放下自己拿的東西，去幫助隨身行李多得無法擺布的人。默存和我看他熱心爲旁人效力，不禁讚許新社會的好風尚，同時又互相安慰說：得一和善忠厚，阿圓有他在一起，我們可以放心。

得一掮著、拎著別人的行李，我和阿圓幫默存拿著他的幾件小包小袋，排隊擠進月台，擠上火車，找到個車廂安頓了默存。我們三人就下車，痴痴站著等火車開動。

我記得從前看見坐海船出洋的旅客，登上擺渡的小火輪，送行者就把許多彩色的紙帶拋向小輪船；小船慢慢向大船開去，那一條條彩色的紙帶先後迸斷，岸上就拍手歡呼。也有人在歡呼聲中落淚；迸斷的彩帶好似迸斷的離情。這番送人上幹校，車上的先遣隊和車下送行的親人，彼此間的離情假如看得見，就絕不是彩色的，也不能一迸就斷。

默存走到車門口，叫我們回去吧，別等了。彼此遙遙相望，也無話可說。我想，讓他看我們回去還有三人，可以放心釋念，免得火車馳走時，他看到我們眼裏，都在不放心他一人離去。我們遵照他的意思，不等車開，先自走了。幾次回頭望望，車還不動，車下還是擠滿了人。我們默默回家；阿圓和得一接著也各回工廠。他們同在一校而不同系，不在同一工廠勞動。

過了一兩天，文學所有人通知我，下幹校的可以帶自己的床，不過得用繩子纏捆好，立即送到學部去。粗硬的繩子要纏捆得服貼，關鍵在繩子兩頭；不能打結子，得把繩頭緊緊壓在繩下。這至少得兩人一齊動手才行。我只有一天的期限，一人請假在家，把自己的小木床拆掉。左放、右放，怎麼也無法捆在一起，只好分別捆；而且我至少還欠一隻手，只好用牙齒幫忙。我用細繩縛住粗繩頭，用牙咬住，然後把一只床分三部分捆好，各件重複寫上默存的名字。小小一只床分拆了幾部，就好比兵荒馬亂中的一家人，只怕一出家門就彼此失散，再聚不到一處去。據默存來信，那三部分重新團聚一處，確也害他好生尋找。

文學所和另一所最先下放。用部隊的詞兒，不稱「所」而稱「連」。兩連動身的日子，學部敲鑼打鼓，我們都放了學去歡送。下放人員整隊而出；紅旗開處，俞平老和俞師母領隊當先。年逾七旬的老人了，還像學齡兒童那樣排著隊伍，遠赴幹校上學，我看著心中不忍，抽身先退；一路回去，發現許多人缺乏歡送的熱情，也紛紛回去上班。大家臉上都漠無表情。

我們等待著下幹校改造，沒有心情理會什麼離愁別恨，也沒有閒暇去品嘗那「別是一般」的「滋味」。學部既已有一部分下了幹校，沒下去的也得加緊幹活兒。成天坐著學習，連「再教育」我們的「工人師傅」們也膩味了。有一位二十二、三歲的小「師傅」嘀咕說：「我天天在爐前煉鋼，並不覺得勞累；現在成天坐著，屁股也痛，腦袋也痛，渾身不得勁兒。」顯然煉人比煉鋼費事；「坐冷板凳」也是一項苦工夫。

煉人靠體力勞動。我們挖完了防空洞——一個四通八達的地下建築，就把圖書搬來搬去。捆，紮，搬運，從這樓搬到那樓，從這處搬往那處；搬完自己單位的圖書，又搬別單位的圖書。有一次，我們到一個積塵三年的圖書館去搬出書籍、書櫃、書架等，要騰出屋子來。有人一進去給塵土嗆得連打了二十來個噴嚏。我們儘管戴著口罩，出來都滿面塵土，咳吐的盡是黑痰。我記得那時候天氣已經由寒轉暖而轉熱。沉重的鐵書架、沉重的大書櫥、沉重的卡片櫃——卡片屜內滿滿都是卡片，全都由年輕人狠命用肩膀扛，貼身的衣衫磨破，露出肉來。這又使我驚嘆，最禁磨的還是人的血肉之軀！

弱者總佔便宜；我只幹些微不足道的細事，得空就打點包裹寄給幹校的默存。默存得空就寫家信；三言兩語，斷斷續續，白天黑夜都寫。這些信如果保留下來，如今重讀該多麼有趣！但更有價值的書信都毀掉了，又何惜那幾封。

他們一下去，先打掃了一個土積塵封的勞改營。當晚睡在草鋪上還覺燠熱。忽然一場大雪，滿地泥濘，天氣驟寒。十七日大隊人馬到來，八十個單身漢聚居一間屋裏，分睡幾個炕上。有個跟著爸爸下放的淘氣小男孩兒，臨睡常繞炕撒尿一匝，爲炕上的人「施肥」。休息日大家到鎮上去買吃的；有燒雞，還有煮熟的烏龜。我問默存味道如何？他卻沒有嘗過，只悄悄做了幾首打油詩寄給我。

羅山無地可耕，幹校無事可幹。過了一個多月，幹校人員連同家眷又帶著大堆箱籠物件，搬到息縣東岳。地圖上能找到息縣，卻找不到東岳。那兒地僻人窮，冬天沒有燃料生火爐子，好多女同志臉上生了凍瘡。洗衣服得蹲在水塘邊上「投」。默存的新襯衣請當地的大娘代洗，洗完就不見了。我只愁他跌落水塘；能請人代洗，便賠掉幾件衣服也值得。

在北京等待上幹校的人，當然關心幹校生活，常叫我講些給他們聽。大家最愛聽的是何其芳同志吃魚的故事。當地竭澤而漁，食堂改善伙食，有紅燒魚。其芳同志忙拿了自己的大漱口杯去買了一份；可是吃來味道很怪，越吃越怪。他撈起最大的一塊想嘗個究竟，一看原來是還未泡爛的藥肥皂，落在漱口杯裏沒有拿掉。大家聽完大笑，帶著無限同情。他們也告訴我一個笑話，說錢鍾書和丁××兩位一級研究員，半天燒不開一鍋爐水！我代他們辯護：鍋爐設在露天，大風大雪中，燒開一鍋爐水不是容易。可是笑話畢竟還是笑話。

他們過年就開始自己造房。女同志也拉大車，脫坯，造磚，蓋房，充當壯勞力。默存和俞平伯先生等幾位「老弱病殘」都在免役之列，只幹些打雜的輕活兒。他們下去八個月之後，我們的「連」才下放。那時候，他們已住進自己蓋的新屋。

我們「連」是一九七〇年七月十二日動身下幹校的。上次送默存走，有我和阿圓還有得一。這次送我走，只剩了阿圓一人；得一已於一月前自殺去世。

得一承認自己總是「偏右」一點，可是他說，實在看不慣那夥「過左派」。他們大學裏開始圍剿「五一六」的時候，幾個有「五一六」之嫌的過左派供出得一是他們的「組織者」，「五一六」的名單就在他手裏。那時候得一已回校，阿圓還在工廠勞動；兩人不能同日回家。得一末了一次離開我的時候說：「媽媽，我不能對羣眾態度不好，也不能頂撞宣傳隊；可是我絕不能捏造個名單害人，我也不會撒謊。」他到校就失去自由。階級鬥爭如火如荼，阿圓等在廠勞動的都返回學校。工宣隊領導全系每天三個單元鬥得一，逼他交出名單。得一就自殺了。

阿圓送我上了火車，我也促她先歸，別等車開。她不是一個脆弱的女孩子，我該可以放心撇下她。可是我看著她踽踽獨歸的背影，心上淒楚，忙閉上眼睛；閉上了眼睛，越發能看到她在我們那破殘凌亂的家裏，獨自收拾整理，忙又睜開眼。車窗外已不見了她的背影。我又闔上眼，讓眼淚流進鼻子，流入肚裏。火車慢慢開動，我離開了北京。

幹校的默存又黑又瘦，簡直換了個樣兒，奇怪的是我還一見就認識。

我們幹校有一位心直口快的黃大夫。一次默存去看病，她看他在簽名簿上寫上錢鍾書的名字，怒道：「胡說！你什麼錢鍾書！錢鍾書我認識！」默存一口咬定自己是錢鍾書。黃大夫說：「我認識錢鍾書的愛人。」默存禁得起考驗，報出了他愛人的名字。黃大夫還待信不信，不過默存是否冒牌也沒有關係，就不再爭辯。事後我向黃大夫提起這事，她不禁大笑說：「怎麼的，全不像了。」

我記不起默存當時的面貌，也記不起他穿的什麼衣服，只看見他右下頷一個紅疱，雖然只有榛子大小，形狀卻崢嶸險惡：高處是亮紅色，低處是暗黃色，顯然已經灌膿。我吃驚說：「啊呀，這是個疽吧？得用熱敷。」可是誰給他做熱敷呢？我後來看見他們的紅十字急救藥箱，紗布上、藥棉上盡是泥手印。默存說他已經生過一個同樣的外疹，領導上級讓他休息幾天，並叫他改行不再燒鍋爐。他目前白天看管工具，晚上巡夜。他的頂頭上司因我去探親，還特地給了他半天假。可是我的排長卻非常嚴厲，只讓我隨人去探望一下，吩咐我立即回隊。默存送我回隊，我們沒說得幾句話就分手了。得一去世的事，阿圓和我暫時還瞞著他，這時也未及告訴。過了一兩天他來信說：那個疱兒是疽，穿了五個孔。幸虧打了幾針也漸漸痊癒。

我們雖然相去不過一小時的路程，卻各有所屬，得聽指揮、服從紀律，不能隨便走動，經常只是書信來往，到休息日才許探親。休息日不是星期日；十天一次休息，稱爲大禮拜。如有事，大禮拜可以取消。可是比了獨在北京的阿圓，我們就算是同在一處了。

二、鑿井記勞

幹校的勞動有多種。種豆、種麥是大田勞動。大暑天，清晨三點鐘空著肚子就下地。六點送飯到田裏，大家吃罷早飯，勞動到午時休息；黃昏再下地幹到晚。各連初到，借住老鄉家。借住不能久佔，得趕緊自己造屋。造屋得用磚；磚不易得，大部分用泥坯代替。脫坯是極重的活兒。此外，養豬是最髒又最煩的活兒。菜園裏、廚房裏老弱居多，繁重的工作都落在年輕人肩上。

有一次，幹校開一個什麼慶祝會，演出的節目都不離勞動。有一個話劇，演某連學員不怕磚窰倒塌，冒險加緊燒磚。據說真有其事。有一連表演鑽井。演員一大羣，沒一句台詞，唯一的動作是推著鑽井機團團打轉，一面有節奏地齊聲哼「嗯唷！嗯唷！嗯唷！嗯唷！」大夥兒轉呀、轉呀，轉個沒停——鑽井機不能停頓，得夜以繼日，一口氣鑽到底。「嗯唷！嗯唷！嗯唷！嗯唷！」那低沉的音調始終不變，使人記起曾流行一時的電影歌曲〈伏爾加船夫曲〉；同時彷彿能看到拉縴的船夫踏在河岸上的一隻隻腳，帶著全身負荷的重量，疲勞地一步步掙扎著向前邁進。戲雖單調，卻好像比那個宣揚「不怕苦、不怕死」的燒窰劇更生動現實。散場後大家紛紛議論，都推許這個節目演得好，而且不必排練，搬上台去現成是戲。

有人忽脫口說：「啊呀！這個劇——思想不大對頭吧？好像——好像——咱們都那麼——那麼——」

大家都會意地笑。笑完帶來一陣沉默，然後就談別的事了。

我分在菜園班。我們沒用機器，單憑人力也鑿了一眼井。

我們幹校好運氣，在淮河邊上連續兩年乾旱，沒遭逢水災。可是乾硬的地上種菜不易。人家說息縣的地「天雨一包膿，天晴一片銅」。菜園雖然經拖拉機耕過一遍，只翻起滿地大坷拉，比腦袋還大，比骨頭還硬。要種菜，得整地；整地得把一塊塊坷拉砸碎、砸細，不但費力，還得耐心。我們整好了菜畦，挖好了灌水渠，卻沒有水。鄰近也屬學部幹校的菜園裏有一眼機井，據說有十米深呢，我們常去討水喝。人力挖的井不過三米多，水是渾的。我們喝生水就在吊桶裏摻一小瓶痧藥水，聊當消毒；水味很怪。十米深的井，水又甜又涼，大太陽下幹活兒渴了舀一碗喝，真是如飲甘露。我們不但喝，借便還能洗洗腳手。可是如要用來澆灌我們的菜園卻難之又難。不用水泵，井水流不過來。一次好不容易借到水泵，水經過我們挖的渠道流入菜地，一路消耗，沒澆灌得幾畦，天就黑了，水泵也拉走了。我們撒下了菠菜的種子，過了一個多月，一場大雨之後，地裏才露出綠苗來。所以我們決計鑿一眼灌園的井。選定了地點，就破土動工。

那塊地硬得眞像風磨銅。我費盡吃奶氣力，一鍬下去，只築出一道白痕，引得小夥子們大笑。他們也挖得吃力，說得用鶴嘴钁來鑿。我的「拿手」是腳步快；動不了手，就飛跑回連，領了兩把鶴嘴钁，扛在肩頭，居然還能飛快跑回菜園。他們沒停手，我也沒停腳。我們的壯勞力輪流使鶴嘴钁鑿鬆了硬地，旁人配合著使勁挖。大家狠幹了一天，挖出一個深潭，可是不見水。我們的「小牛」是「大男子主義者」。他私下嘀咕說：「挖井不用女人；有女人就不出水。」菜園班裏只兩個女人，我是全連女人中最老的；阿香是最小的，年歲不到我的一半。她是華僑，聽了這句聞所未聞的話又氣又笑，吃吃地笑著來告訴我，一面又去和「小牛」理論，向他抗議。可是我們倆眞有點擔心，怕萬一碰不上水脈，都怪在我們身上。幸虧沒挖到二米，土就漸漸潮潤，開始見水了。

乾土挖來雖然吃力，爛泥的分量卻更沉重。越挖越泥濘，兩三個人光著腳跳下井去挖，把一桶桶爛泥往上送，上面的人接過來往旁邊倒，霎時間井口周圍一片泥濘。大家都脫了鞋襪。阿香幹活兒很歡，也光著兩隻腳在井邊遞泥桶。我提不動一桶泥，可是湊熱鬧也脫了鞋襪，把四處亂淌的泥漿鏟歸一處。

平時總覺得污泥很髒，痰涕屎尿什麼都有；可是把腳踩進污泥，和它親近了，也就只覺得滑膩而不嫌其髒。好比親人得了傳染病，就連傳染病也不復嫌惡，一併可親。我暗暗取笑自己：這可算是改變了立場或立足點吧？

我們怕井水湧上來了不便挖掘。人工挖井雖然不像機器鑽井那樣得夜以繼日、一氣鑽成，可也得加把勁兒連著幹。所以我們也學大田勞動的榜樣，大清早餓著肚子上菜園；早飯時阿香和我回廚房去，把饅頭、稀飯、鹹菜、開水等放在推車上，送往菜園。平坦的大道或下坡路上，由我推車；拐彎處、曲曲彎彎的小道或上坡路上，由阿香推。那是很吃力的；推得不穩，會把稀飯和開水潑掉。我曾試過，深有體會。我們這種不平等的合作，好在偏勞者不計較，兩人幹得很融洽。中午大夥回連吃飯；休息後，總幹到日暮黃昏才歇工，往往是最後一批吃上晚飯的。

我們這樣狠幹了不知多少天，我們的井已挖到三米深。末後幾天，水越多，挖來越加困難，只好借求外力，請來兩位大高個兒的年輕人。下井得浸在水裏。一般打井總在冬天，井底暖和。我們打井卻是大暑天，井底陰冷。阿香和我擔心他們泡在寒森森的冷水裏會致病。可是他們興致熱烘烘的，聲言不冷。我們倆不好意思表現得婆婆媽媽，只不斷到井口偵察。

水漸漸沒腿，漸漸沒膝，漸漸齊腰。灌園的井有三米多已經夠深。我說要去打一斤燒酒爲他們驅寒，藉此慶功。大家都很高興。來幫忙的勞力之一是後勤排的頭頭，他指點了打酒的竅門兒。我就跑回連，向廚房如此這般說了個道理，討得酒瓶。廚房裏大約是防人偷酒喝，瓶上貼著標籤。寫了一個大「毒」字，旁邊還有三個驚嘆號；又畫一個大骷髏，下面交叉著兩根枯骨。瓶裏還剩有一寸深的酒。我抱著這麼個可怕的瓶子，趕到離菜園更往西二里路的「中心點」上去打酒；一路上只怕去遲了那裏的合作社已關門，恨不得把神行太保拴在腳上的甲馬借來一用。我沒有買酒的證明，憑那個酒瓶，略費唇舌，買得一斤燒酒。下酒的東西什麼也沒有，可吃的只有泥塊似的「水果糖」，我也買了一斤，趕回菜園。

灌園的井已經完工。壯勞力、輕勞力都坐在地上休息。大家興匆匆用喝水的大杯小杯斟酒喝，約莫喝了一斤，瓶裏還留下一寸深的酒還給廚房。大家把泥塊糖也吃光。這就是我們的慶功宴。

挖井勞累如何，我無由得知。我只知道同屋的女伴幹完一天活兒，睡夢裏翻身常「哎呀」、「喔唷」地哼哼。我睡不熟，聽了私心慚愧，料想她們準累得渾身痠痛呢。我也聽得小夥子們感嘆說：「我們也老了」；嫌自己不復如二十多歲時筋力強健。想來他們也覺得力不從心。

等買到戽水的機器，井水已經漲滿。井面寬廣，所以井台更寬廣。機器裝在水中央；井面寬，我們得安一根很長的橫槓。這也有好處；推著橫槓戽水，轉的圈兒大，不像轉小圈兒容易頭暈。小夥子們練本領，推著橫槓一個勁兒連著轉幾十圈，甚至一百圈。偶來協助菜園勞動的人也都承認：菜園子的「蹲功」不易，「轉功」也不易。

我每天跟隨同伴早出晚歸，幹些輕易的活兒，說不上勞動。可是跟在旁邊，就彷彿也參與了大夥兒的勞動，漸漸產生一種「集體感」或「合羣感」，覺得自己是「我們」或「咱們」中的一員，也可說是一種「我們感」。短暫的集體勞動，一項工程完畢，大家散夥，並不產生這種感覺。腦力勞動不容易通力合作——可以合作，但各有各的成績；要合寫一篇文章，蒐集材料和執筆者往往無法「勁兒一處使」，團不到一塊兒去。在幹校長年累月，眼前又看不到別的出路，「我們感」就逐漸增強。

我能聽到下幹校的人說：「反正他們是雨水不淋、太陽不曬的！」那是「他們」。「我們」包括各連幹活兒的人，有不同的派別，也有「牛棚」裏出來的人，並不清一色。反正都是「他們」管下的。但管我們的並不都是「他們」；「雨水不淋、太陽不曬的」也並不都是「他們」。有一位擺足了首長架子，訓話「嗯」一聲、「啊」一聲的領導，就是「他們」的典型；其他如「不要臉的馬屁精」、「他媽的也算國寶」之流，該也算是屬於「他們」的典型。「我們」和「他們」之分，不同於階級之分。可是在集體勞動中我觸類旁通，得到了教益，對「階級感情」也稍稍增添了一點領會。

我們奉爲老師的貧下中農，對幹校學員卻很見外。我們種的白薯，好幾壟一夜間全偷光。我們種的菜，每到長足就被偷掉。他們說：「你們天天買菜吃，還自己種菜！」我們種的樹苗，被他們拔去，又在集市上出售。我們收割黃豆的時候，他們不等我們收完就來搶收，還罵「你們吃商品糧的！」我們不是他們的「我們」，卻是「穿得破，吃得好，一人一塊大手錶」的「他們」。

三、學圃記閒

我們連裏是人人盡力幹活兒，盡量吃飯——也算是各盡所能、各取所需吧？當然這只是片面之談，因爲各人還領取不同等級的工資呢。我吃飯少，力氣小，幹的活兒很輕，而工資卻又極高，可說是佔盡了「社會主義優越性」的便宜，而使國家吃虧不小。我自覺受之有愧，可是誰也不認眞理會我的歉意。我就安安分分在幹校學種菜。

新闢一個菜園有許多工程。第一項是建造廁所。我們指望招徠過客爲我們積肥，所以地點選在沿北面大道的邊上。五根木棍——四角各豎一根，有一邊加豎一棍開個門；編上黍稭的牆，就圍成一個廁所。裏面埋一口缸漚尿肥；再挖兩個淺淺的坑，放幾塊站腳的磚，廁所就完工了。可是還欠個門簾。阿香和我商量，要編個乾乾淨淨的簾子。我們把黍稭剝去外皮，剝出光溜溜的芯子，用麻繩細細緻緻編成一個很漂亮的門簾；我們非常得意，掛在廁所門口，覺得這廁所也不同尋常。誰料第二天清晨跑到菜地一看，門簾不知去向，積的糞肥也給過路人打掃一空。從此，我和阿香只好互充門簾。

菜園沒有關欄。我們菜地的西、南和西南隅有三個菜園，都屬於學部的幹校。有一個菜園的廁所最講究，糞便流入廁所以外的池子裏去，廁內的坑都用磚砌成。可是他們積的肥大量被偷，據說幹校的糞，肥效特高。

我們挖了一個長方形的大淺坑漚綠肥。大家分頭割了許多草，漚在坑裏，可是不過一頓飯的工夫，漚的青草都不翼而飛，大概是給拿去餵牛了。在當地，草也是稀罕物品，乾草都連根鏟下充燃料。

早先下放的連，菜上地都已蓋上三間、五間房子。我們倉卒間只在井台西北搭了一個窩棚。豎起木架，北面築一堵「乾打壘」的泥牆，另外三面的牆用黍稭編成。棚頂也用黍稭，上蓋油毯，下遮塑料布。菜園西北有個磚窰是屬於學部幹校的，窰下散落著許多碎磚。我們撿了兩車來鋪在窩棚的地上，棚裏就不致太潮濕。這裏面還要住人呢。窩棚朝南做了一扇結實的木門，還配上鎖。菜園的班長、一位在菜園班裏的詩人，還有「小牛」——三人就住在這個窩棚裏，順帶看園。我們大家也有了個地方可以歇歇腳。

菜畦裏先後都下了種。大部分是白菜和蘿蔔；此外，還有青菜、韭菜、雪裏紅、萵筍、胡蘿蔔、香菜、蒜苗等。可是各連建造的房子——除了最早下放的幾連——都聚在幹校的

「中心點」上，離這個菜園稍遠。我們在新屋近旁又分得一塊菜地，壯勞力都到那邊去整地挖溝。舊菜園裏的莊稼不能沒人照看，就叫阿香和我留守。

我們把不包心的白菜一葉葉順序包上，用藤纏上，居然有一部分也長成包心的白菜，只是包得不緊密。阿香能挑兩桶半滿的尿，我就一杯杯舀來澆灌。我們偏愛幾個「象牙蘿蔔」或「太湖蘿蔔」——就是長的白蘿蔔。地面上露出的一寸多，足有小飯碗那麼頑。我們私下說：「咱們且培養尖子！」所以把班長吩咐我們撒在胡蘿蔔地裏的草木灰，全用來肥我們的寶貝。眞是寶貝！到收穫的時候，我滿以爲泥下該有一尺多長呢，至少也該有大半截。我使足勁兒去拔，用力過猛，撲通跌坐地下，原來泥裏只有幾莖鬚鬚。從來沒見過這麼扁的「長」蘿蔔！有幾個紅蘿蔔還像樣，一般只有鴨兒梨大小。天氣漸轉寒冷，蹲在畦邊鬆土拔草，北風直灌入背心。我們回連吃晚飯，往往天都黑了。那年十二月，新屋落成，全連搬到「中心點」上去；阿香也到新菜地去幹活兒。住窩棚的三人晚上還回舊菜園睡覺，白天只我一人在那兒看守。

班長派我看菜園是照顧我，因爲默存的宿舍就在磚窰以北不遠，只不過十多分鐘的路。默存是看守工具的。我的班長常叫我去借工具。借了當然還要還。同夥都笑嘻嘻地看我興匆匆走去走回，借了又還。默存看守工具只管登記，巡夜也和別人輪值，他的專職是通信員，每天下午到村上郵電所去領取報紙、信件、包裹等回連分發。郵電所在我們菜園的東南。默存每天沿著我們菜地東邊的小溪迤邐往南又東去，他有時繞道到菜地來看我，我們大夥兒就停工歡迎。可是他不敢耽擱時間，也不願常來打攪。我和阿香一同留守菜園的時候，阿香會忽然推我說：「瞧！瞧！誰來了！」默存從郵電所拿了郵件，正迎著我們的菜地走來。我們三人就隔著小溪叫應一下，問答幾句。我一人守園的時候，發現小溪乾涸，可一躍而過；默存可由我們的菜地過溪往郵電所去，不必繞道。這樣，我們老夫婦就經常可在菜園相會，遠勝於舊小說、戲劇裏後花園私相約會的情人了。

默存後來發現，他壓根兒不用跳過小溪，往南去自有石橋通往東岸。每天午後，我可以望見他一腳高、一腳低從磚窰北面跑來。有時風和日麗，我們就在窩棚南面灌水渠岸上坐一會兒曬曬太陽。有時他來晚了，站著說幾句話就走。他三言兩語、斷斷續續、想到就寫的信，可親自撂給我。我常常鎖上窩棚的木門，陪他走到溪邊，再忙忙回來守在菜園裏，目送他的背影漸遠漸小，漸漸消失。他從郵電所回來就急要回連分發信件和報紙，不肯再過溪看我。不過我老遠就能看見他迎面而來；如果忘了什麼話，等他回來可隔溪再說兩句。

在我，這個菜園是中心點。菜園的西南有個大土墩，幹校的人稱爲「威虎山」，和菜園西北的磚窰遙遙相對。磚窰以北不遠就是默存的宿舍。「威虎山」以西遠去，是幹校的「中心點」——我們那連的宿舍在「中心點」東頭。「威虎山」坡下是幹校某連的食堂，我的午飯和晚飯都到那裏去買。西鄰的菜園有房子，我常去討開水喝。南鄰的窩棚裏生著火爐，我也曾去討過開水。因爲我只用三塊磚搭個土灶，撿些黍稭燒水；有時風大，點不著火。南去是默存每日領取報紙信件的郵電所。溪以東田野連綿，一望平疇，天邊幾簇綠樹是附近的村落；我曾寄居的楊村還在樹叢以東。我以菜園爲中心的日常活動，就好比蜘蛛踞坐菜園裏，圍繞著四周各點吐絲結網；網裏常會留住些瑣細的見聞、飄忽的隨感。

我每天清早吃罷早點，一人往菜園去，半路上常會碰到住窩棚的三人到「中心點」去吃早飯。我到了菜園，先從窩棚木門旁的黍稭裏摸得鑰匙，進門放下隨身攜帶的飯碗之類，就鎖上門，到菜地巡視。胡蘿蔔地在東邊遠處，泥硬土瘠，出產很不如人意。可是稍大的常給人拔去；拔得匆忙，往往留下一截尾巴，我挖出來戽些井水洗淨，留以解渴。鄰近北邊大道的白菜，一旦捏來菜心已長瓷實，就給人斫去，留下一個個斫痕猶新的菜根。一次我發現三四棵長足的大白菜根已斫斷，未及拿走，還端端正正站在畦裏。我們只好不等白菜全部長足，搶先收割。一次我剛繞到窩棚後面，發現三個女人正在拔我們的青菜。她們站起身就跑，不料我追的快，就一面跑一面把青菜拋擲地上。她們籃子裏沒有贓，不怕我追上。其實，追只是我的職責。我倒但願她們把青菜帶回家去吃一頓；我拾了什麼用也沒有。

她們不過是偶然路過。一般出來撿野菜、拾柴草的，往往十來個人一羣，都是七、八歲到十二、三歲的男女孩子，由一個十六、七歲的大姑娘或四、五十歲的老大娘帶領著從村裏出來。他們穿的是五顏六色的破衣裳，一手挎著個籃子，一手拿一把小刀或小鏟子。每到一處，就分散爲三人一夥、兩人一夥，以撿野菜爲名，到處遊弋，見到可撿的就收在籃裏。他們在樹苗林裏斫下樹枝，並不馬上就撿；撿了也並不留在籃裏，只分批藏在道旁溝邊，結紮成一捆一捆。午飯前或晚飯前回家的時候，這隊人背上都馱著大捆柴草，籃子裏也各有所獲。有些大膽的小夥子竟拔了樹苗，捆紮了拋在溪裏，午飯或晚飯前挑著回家。

我們窩棚四周散亂的黍稭早被他們收拾乾淨，廁所的五根木柱逐漸偷剩兩根，後來連一根都不剩了。廁所圍牆的黍稭也越拔越稀，漸及窩棚的黍稭。我總要等背著大捆柴草的一隊隊都走遠了，才敢到「威虎山」坡的食堂去買飯。

一次我們南鄰的菜地上收割白菜。他們人手多，勞力強，幹事又快又利索，和我們菜園班大不相同。我們班裏老弱居多；我們斫呀，拔呀，搬成一堆堆過磅呀，登記呀，裝上車呀，送往「中心點」的廚房呀……大家忙了一天，菜畦裏還留下滿地的老菜幫子。他們那邊不到日落，白菜收割完畢，菜地打掃得乾乾淨淨。有一位老大娘帶著女兒坐在我們窩棚前面，等著撿菜幫子。那小姑娘不時的跑去看，又回來報告收割的進程。最後老大娘站起身說：「去吧！」

小姑娘說：「都掃淨了。」

她們的話，說快了我聽不大懂，只聽得連說幾遍「餵豬」。那老大娘憤然說：「地主都讓撿！」

我就問，那些乾老的菜幫子撿來怎麼吃。

小姑娘說：「先煮一鍋水，揉碎了菜葉撒下，把麵糊倒下去，一攪，可好吃哩！」

我見過他們的「饃」是紅棕色的，麵糊也是紅棕色；不知「可好吃哩」的麵糊是何滋味。我們日常吃的老白菜和苦蘿蔔雖然沒什麼好滋味，「可好吃哩」的滋味卻是我們應該體驗而沒有體驗到的。

我們種的疙瘩菜沒有收成；大的像桃兒，小的只有杏子大小。我收了一堆正在挑選，準備把大的送交廚房。那位老大娘在旁盯著看，問我怎麼吃。我告訴她：醃也行，煮也行。我說：「大的我留，小的送你。」她大喜，連說：「好！大的留給你，小的給我。」可是她手下卻快，盡把大的往自己籃裏撿。我不和她爭，只等她撿完，從她籃裏撿回一堆大的，換給她兩把小的。她也不抗議，很滿意地回去了。我卻心上抱歉，因爲那堆稍大的疙瘩，我們廚房裏後來也沒有用。但我當時不敢隨便送人，也不能開這個例。

我在菜園裏拔草間苗，村裏的小姑娘跑來閒看。我學著她們的鄉音，可以和她們攀話。我把細小的綠苗送給她們，她們就幫我拔草。她們稱男人爲「大男人」；十二、三歲的小姑娘，已由父母之命定下終身。這小姑娘告訴我那小姑娘已有婆家；那小姑娘一面害羞抵賴，一面說這小姑娘也有婆家了。她們都不識字。我寄居的老鄉家是比較富裕的，兩個十歲上下的兒子不用看牛賺錢，都上學；可是他們十七、八歲的姊姊卻不識字。她已由父母之命、媒妁之言，和鄰村一位年貌相當的解放軍戰士訂婚。兩人從未見過面。那位解放軍給未婚妻寫了一封信，並寄了照片。他小學程度，相貌是渾樸的莊稼人。姑娘的父母因爲和我同姓，稱我爲「俺大姑」；他們請我代筆回信。我舉筆半天，想不出一句合適的話；後來還是同屋你一句、我一句拼湊了一封信。那位解放軍連姑娘的照片都沒見過。

村裏十五、六歲的大小子，不知怎麼回事，好像成天都閒來無事的，背著個大筐，見什麼，拾什麼。有時七八成羣，把道旁不及胳膊粗的樹拔下，大夥兒用樹幹在地上拍打，「哈！哈！哈！」粗聲訇喝著圍獵野兔。有一次，三四個小夥子闖到菜地裏來大吵大叫，我連忙趕去，他們說菜畦裏有「貓」。「貓」就是兔子，我說：這裏沒有貓。躲在菜葉底下的那頭兔子自知藏身不住，一道光似的直竄出去。兔子跑得快，狗追不上。可是幾條狗在獵人指使下分頭追趕，兔子幾回轉折，給三四條狗團團圍住。只見牠縱身一躍有六七尺高，掉下地就給狗咬住。在牠縱身一躍的時候，我代牠心膽俱碎。從此我聽到「哈！哈！哈！」粗啞的訇喝聲，再也沒有好奇心去觀看。

有一次，那是一九七一年一月三日，下午三點左右，忽有人來，指著菜園以外東南隅兩個墳墩，問我是否幹校的墳墓。隨學部幹校最初下去的幾個拖拉機手，有一個開拖拉機過橋，翻在河裏淹死了。他們問我那人是否埋在那邊。我說不是；我指向遙遠處，告訴了那個墳墓所在。過了一會兒，我看見幾個人在胡蘿蔔地東邊的溪岸上挖土，旁邊歇著一輛大車，車上蓋著葦蓆。啊！他們是要埋死人吧？旁邊站著幾個穿軍裝的，想是軍宣隊。

我遠遠望著，刨坑的有三四人，動作都很迅速。有人跳下坑去挖土；後來一個個都跳下坑去。忽有一人向我跑來。我以爲他是要喝水；他卻是要借一把鐵鍬，他的鐵鍬柄斷了。我進窩棚去拿了一把給他。

當時沒有一個老鄉在望，只那幾個人在刨坑，忙忙地，急急地。後來，下坑的人只露出了腦袋和肩膀，坑已夠深。他們就從葦蓆下抬出一個穿藍色制服的屍體。我心裏震驚，遙看他們把那死人埋了。

借鐵鍬的人來還我工具的時候，我問他死者是男是女，什麼病死的。他告訴我，他們是某連，死者是自殺的，三十三歲，男。

冬天日短，他們拉著空車回去的時候，已經暮色蒼茫。荒涼的連片菜地裏闃無一人。我慢慢兒跑到埋人的地方，只看見添了一個扁扁的土饅頭。誰也不會注意到溪岸上多了這麼一個新墳。

第二天我告訴了默存，叫他留心別踩那新墳，因爲裏面沒有棺材，泥下就是身體。他從郵電所回來，那兒消息卻多，不但知道死者的姓名，還知道死者有妻有子；那天有好幾件行李寄回死者的家鄉。

不久後下了一場大雪。我只愁雪後地塌墳裂，屍體給野狗拖出來。地果然塌下些，墳卻沒有裂開。

整個冬天，我一人獨守菜園。早上太陽剛出，東邊半天雲彩絢爛。遠遠近近的村子裏，一批批老老少少的村裏人，穿著五顏六色的破衣服成羣結隊出來，到我們菜園鄰近分散成兩人一夥、三人一夥，消失各處。等夕陽西下，他們或先或後，又成羣負載而歸。我買了晚飯回菜園，常站在窩棚門口慢慢地吃。晚霞漸漸暗淡，暮靄沉沉，野曠天低，菜地一片昏暗，遠近不見一人，也不見一點燈光。我退入窩棚，只聽得黍稭裏不知多少老鼠在跳踉作耍，枯葉窸窸窣窣地響。我舀些井水洗淨碗匙，就鎖上門回宿舍。

人人都忙著幹活兒，唯我獨閒；閒得慚愧，也閒得無可奈何。我雖然沒有十八般武藝，也大有魯智深在五台山禪院做和尚之慨。

我住在老鄉家的時候，和同屋夥伴不在一處勞動，晚上不便和她們結隊一起回村。我獨往獨來，倒也自由靈便。而且我喜歡走黑路。打了手電，只能照見四周一小圈地，不知身在何處；走黑路倒能把四周都分辨清楚。我順著荒墩亂石間一條蜿蜒小徑，獨自回村；近村能看到樹叢裏閃出燈光。但有燈光處，只有我一個床位，只有帳子裏狹小的一席地——一個孤寂的歸宿，不是我的家。因此我常記起曾見一幅畫裏，一個老者背負行囊，拄著枴杖，由山坡下一條小路一步步走入自己的墳墓；自己彷彿也就是如此。

過了年，清明那天，學部的幹校遷往明港。動身前，我們菜園班全夥都回到舊菜園來，拆除所有的建築。可拔的拔了，可拆的拆了。拖拉機又來耕地一遍。臨走我和默存偷空同往菜園看一眼，聊當告別。只見窩棚沒了，井台沒了，灌水渠沒了，菜畦沒了，連那個扁扁的土饅頭也不知去向，只剩了滿布坷拉的一片白地。

四、「小趨」記情

我們菜園班的那位詩人從磚窰裏抱回一頭小黃狗。詩人姓區。偶有人把姓氏的「區」讀如「趨」，阿香就為小狗命名「小趨」。詩人的報復很妙：他不為小狗命名「阿香」，卻要牠和阿香排行，叫牠「阿趨」。可是「小趨」叫來比「阿趨」順口，就叫開了。好在菜園以外的人，並不知道「小趨」原是「小區」。

我們把剩餘的破磚，靠窩棚南邊給「小趨」搭了一個小窩，墊的是黍稭。這個窩又冷又硬。菜地裏縱橫都是水渠，小趨初來就掉入水渠。天氣還暖的時候，我曾一足落水，濕鞋濕襪渥了一天，怪不好受的；瞧小趨滾了一身泥漿，凍得索索發抖，很可憐牠。如果窩棚四周滿地的黍稭是稻草，就可以抓一把為牠抹拭一下。黍稭卻太硬，不中用。我們只好把牠趕到太陽裏去曬。太陽只是「淡水太陽」，沒有多大暖氣，卻帶著涼颼颼的風。

小趨雖是河南窮鄉僻壤的小狗，在牠媽媽身邊，總有點母奶可吃。我們卻沒東西餵牠，只好從廚房裏拿些白薯頭頭和零碎的乾饅頭泡軟了餵。我們菜園班裏有一位十分「正確」的老先生。他看見用白麵饅頭（雖然是零星殘塊）餵狗，疾言厲色把班長訓了一頓：「瞧瞧老鄉吃的是什麼？你們拿白麵餵狗！」我們人人抱愧，從此只敢把自己嘴邊省下的白薯零塊來餵小趨。其實，饅頭也罷，白薯也罷，都不是狗的糧食。所以小趨又瘦又弱，老也長不大。

一次阿香滿面忸怩，悄悄在我耳邊說：「告訴你一件事。」；說完又怪不好意思地笑個不了。然後她告訴我：「小趨——你知道嗎？——在廁所裏——偷——偷糞吃！」

我忍不住笑了。我說：「瞧你這副神氣，我還以為是你在那裏偷吃呢！」

阿香很擔心：「吃慣了，怎麼辦？髒死了！」

我說，村子裏的狗，哪一隻不吃屎！我女兒初下鄉，同炕的小娃子拉了一大泡屎在炕席上；她急得忙用大量手紙去擦。大娘跑來嗔她糟蹋了手紙——也糟蹋了糞。大娘「嗚——嚕嚕嚕嚕」一聲喊，就跑來一隻狗，上炕一陣子舔吃，把炕席連娃娃的屁股都舔得乾乾淨淨，不用洗也不用擦。她每天早晨，聽到東鄰西舍「嚕嚕嚕嚕嚕」呼狗的聲音，就知道各家娃娃在餵狗呢。

我下了鄉才知道為什麼豬是不潔的動物；因為豬和狗有同嗜。不過豬不如狗有禮讓，只顧貪嘴，全不識趣，會把蹲著的人撞倒。狗只遠遠坐在一旁等待；到了時候，才搖搖尾巴過去享受。我們住在村裏，和村裏的狗成了相識，對牠們還有養育之恩呢。

假如豬狗是不潔的動物，蔬菜是清潔的植物嗎？蔬菜是吃了什麼長大的？素食的先生們大概沒有理會。

我告訴阿香，我們對「屢戒不改」和「本性難移」的人有兩句老話。一是：「你能改啊，狗也不吃屎了。」一是：「你簡直是狗對糞缸發誓！」小趨不是洋狗，沒吃過西洋製造的罐頭狗食。牠也不如其他各連養的狗；據說他們廚房裏的剩食可以餵狗，所以他們的狗養得膘肥毛潤。我們廚房的剩食只許餵豬，因爲豬是生產的一部分。小趨偷食，只不過是解決自己的活命問題罷了。

默存每到我們的菜園來，總拿些帶毛的硬肉皮或帶筋的骨頭來餵小趨。小趨一見他就蹦跳歡迎。一次，默存帶來兩個臭蛋——不知誰扔掉的。他對著小趨「啪」一扔，小趨連吃帶舔，蛋殼也一屑不剩。我獨自一人看園的時候，小趨總和我一同等候默存。牠遠遠看見默存從磚窰北面跑來，就迎上前去，跳呀、蹦呀、叫呀、拚命搖尾巴呀，還不足以表達牠的歡欣，特又饒上個打滾兒；打完一滾，又起來搖尾巴蹦跳，然後又就地打個滾兒。默存大概一輩子也沒受到這麼熱烈的歡迎。他簡直無法向前邁步，得我喊著小趨讓開路，我們三個才一同來到菜地。

我有一位同事常對我講他的寶貝孫子。據說他那個三歲的孫子迎接爺爺回家，歡呼跳躍之餘，竟倒地打了個滾兒。他講完笑個不了。我也覺得孩子可愛，只是不敢把他的孫子和小趨相比。但我常想：是狗有人性呢？還是人有狗樣兒？或者小娃娃不論是人是狗，都有相似處？

小趨見了熟人就跟隨不捨。我們的連搬往「中心點」之前，我和阿香每次回連吃飯，小趨就要跟。那時候牠還只是一隻娃娃狗，相當於學步的孩子，走路滾呀滾的動人憐愛。我們怕牠走累了，不讓牠跟，總把牠塞進狗窩，用磚堵上。一次晚上我們回連，已經走到半路，忽發現小趨偷偷兒跟在後面，原來牠已破窩而出。那天是雨後，路上很不好走。我們呵罵，牠也不理。牠滾呀滾地直跟到我們廚房兼食堂的席棚裏。大家都愛而憐之，各從口邊省下東西來餵牠。小趨飽吃了一餐，跟著菜園班長回菜地。那是牠第一次出遠門。

我獨守菜園的時候，起初是到默存那裏去吃飯。狗窩關不住小趨，我得把牠鎖在窩棚裏。一次我已經走過磚窰，回頭忽見小趨偷偷兒遠遠地跟著我呢。牠顯然是從窩棚的黍稭牆裏鑽了出來。我呵止牠，牠就站住不動。可是我剛到默存的宿舍，牠跟腳也來了；一見默存，快活得大蹦大跳。同屋的人都喜愛娃娃狗，爭把自己的飯食餵牠。小趨又飽餐了一頓。

小趨先不過是歡迎默存到菜園來，以後就跟隨不捨，但牠只跟到溪邊就回來。有一次默存走到老遠，發現小趨還跟在後面。他怕走累了小狗，捉住牠送回菜園，叫我緊緊按住，自己趕忙逃跑。誰知那天他領了郵件回去，小趨已在他宿舍門外等候，跳躍著嗚嗚歡迎。牠迎到了默存，又回到菜園來陪我。

我們全連遷往「中心點」以後，小趨還靠我們班長從食堂拿回的一點剩食過日子，很不方便。所以過了一段時候，小趨也搬到「中心點」去了。牠近著廚房，總有些剩餘的東西可吃；不過牠就和舊菜地失去了聯繫。我每天回宿舍晚，也不知牠的窩在哪裏。連裏有許多人愛狗；但也有人以為狗只是資產階級夫人小姐的玩物。所以我待小趨向來只是淡淡的，從不愛撫牠。小趨不知怎麼早就找到了我住的房門。我晚上回屋，旁人常告訴我：「你們的小趨來找過你幾遍了。」我感牠相念，無以為報，常攢些骨頭之類的東西餵牠，表示點兒意思。以後我每天早上到菜園去，牠就想跟。我喝住牠，一次甚至撿起泥塊擲牠，牠才站住了。只遠遠望著我。有一天下小雨，我獨坐在窩棚內，忽聽得「嗚」一聲，小趨跳進門來，高興得搖著尾巴叫了幾聲，才傍著我趴下。牠找到了由「中心點」到菜園的路！

我到默存處吃飯，一餐飯再加路上來回，至少要半小時。我怕菜園沒人看守，經常在「威虎山」坡下某連食堂買飯。那兒離菜園只六、七分鐘的路。小趨來作客，我得招待牠吃飯。平時我吃半份飯和菜。那天我買了正常的一份，和小趨分吃。食堂到菜園的路雖不遠，一路的風很冷。兩手捧住飯碗也擋不了寒，飯菜總吹得冰涼，得細嚼緩呑，用嘴裏的暖氣來加溫。小趨哪裏等得及我吃完了再餵牠呢，不停的只顧蹦跳著討吃。我得把飯碗一手高高擎起，舀一些飯和菜倒在自己嘴裏，再舀一匙倒在紙上，送與小趨；不然牠就不客氣要來舔我的碗匙了。我們這樣分享了晚餐，然後我洗淨碗匙，收拾了東西，帶著小趨回「中心點」。

可是小趨不能保護我，反得我去保護牠。因爲短短兩三個月內，牠已由娃娃狗變成小姑娘狗。「威虎山」上堆藏著木材等東西，養一頭猛狗名「老虎」；還有一頭灰狗也不弱。牠們對小趨都有愛慕之意。小趨還小，本能地怕牠們。牠每次來菜園陪我，歸途就需我呵護，喝退那兩隻大狗。我們得沿河走好一段路。我走在高高的堤岸上，小趨乖覺地沿河在坡上走，可以藏身。過了橋走到河對岸，小趨才得安寧。

幸虧我認識那兩條大狗——我蓄意結識了牠們。有一次我晚飯吃得太慢了，鎖上窩棚，天色已完全昏黑。我剛走上西邊的大道，忽聽得「嗚」一聲，又轉爲「吳吳吳吳」的低吼，只見面前一對發亮的眼睛，接著看見一隻大黑狗，拱著腰，仰臉猙獰地對著我。牠就是「老虎」，學部幹校最猛的狗。我住在老鄉家的時候，晚上回村，有時迷失了慣走的路，腳下偶一趑趄，村裏的狗立即汪汪亂叫，四方竄來；就得站住腳，學著老鄉的聲調喝一聲「狗！」——據說村裏的狗沒有個別的名字——牠們會慢慢退去。「老虎」不叫一聲直竄前來，確也嚇了我一跳。但我出於習慣，站定了喝一聲「老虎！」牠居然沒撲上來，只「吳吳吳吳……」低吼著在我腳邊嗅個不了，然後才慢慢退走。以後我買飯碰到「老虎」，總叫牠一聲，給點兒東西吃。灰狗我忘了牠的名字，牠和「老虎」是同夥。我見了牠們總招呼，並牢記著從小聽到的教導：對狗不能矮了氣勢。我大約沒讓牠們看透我多麼軟弱可欺。

我們遷居「中心點」之後，每晚輪流巡夜。各連方式不同。我們連裏一夜分四班，每班二小時。第一班是十點到十二點，末一班是早上四點到六點；這兩班都是照顧老弱的，因為遲睡或早起，比打斷了睡眠半夜起床好受些。各班都二人同巡，只第一班單獨一人，據說這段時間比較安全，偷竊最頻繁是在凌晨三四點左右。單獨一人巡夜，大家不甚踴躍。我願意晚睡，貪圖這一班，也沒人和我爭。我披上又長又大的公家皮大衣，帶個手電，十點熄燈以後，在宿舍四周巡行。巡行的範圍很廣：從北邊的大道繞到幹校放映電影的廣場，沿著新菜園和豬圈再繞回來。熄燈十多分鐘以後，四周就寂無人聲。一個人在黑地裏打轉，時間過得很慢很慢。可是我有時不只一人，小趨常會「嗚嗚」兩聲，竄到我腳邊來陪我巡行幾周。

小趨陪我巡夜，每使我記起清華「三反」時每晚接我回家的小貓「花花兒」。我本來是個膽小鬼；不問有鬼無鬼，反正就是怕鬼。晚上別說黑地裏，便是燈光雪亮的地方，忽然間也會膽怯，不敢從東屋走到西屋。可是「三反」中整個人徹底變了，忽然不再怕什麼鬼。系裏每晚開會到十一、二點，我獨自一人從清華的西北角走回東南角的宿舍。路上有幾處我向來特別害怕，白天一人走過，或黃昏時分有人做伴，心上都寒凜凜地。「三反」時我一點不怕了。那時候默存借調在城裏工作，阿圓在城裏上學，住宿在校，家裏的女傭早已入睡，只花花兒每晚在半路上的樹叢裏等著我回去。牠也像小趨那樣輕輕地「嗚」一聲，就竄到我腳邊，兩隻前腳在我腳踝上輕輕一抱——假如我還膽怯，準給牠嚇壞——然後往前竄一丈路，又回來迎我，又往前竄，直到回家，才坐在門口仰頭看我掏鑰匙開門。小趨比花花兒馴服，只緊緊地跟在腳邊。牠陪伴著我，我卻在想花花兒和花花兒引起的舊事。自從搬家走失了這隻貓，我們再也不肯養貓了。如果記取佛家「不三宿桑下」之戒，也就不該為一隻公家的小狗留情。可是小趨好像認定了我做主人——也許只是我拋不下牠。

一次，我們連裏有人騎自行車到新蔡。小趨跟著車，直跑到新蔡。那位同志是愛狗的，特地買了一碗麵請小趨吃；然後把牠裝在車兜裏帶回家。可是小趨累壞了，躺下奄奄一息，也不動，也不叫，大家以為牠要死了。我從菜園回來，有人對我說：「你們的小趨死了，你去看看牠呀。」我跟他跑去，才叫了一聲小趨，牠認得聲音，立即跳起來，汪汪地叫，連連搖尾巴。大家放心說：「好了！好了！小趨活了！」小趨不知道居然有那麼多人關心牠的死活。

過年廚房裏買了一隻狗，烹狗肉吃，因為比豬肉便宜。有的老鄉愛狗，捨不得賣給人吃。有的肯賣，卻不忍心打死牠。也有的肯親自打死了賣。我們廚房買的是打死了的。據北方人說，煮狗肉要用硬柴火，煮個半爛，蘸蔥泥吃——不知是否魯智深吃的那種？我們廚房裏依阿香的主張，用濃油赤醬，多加蔥薑紅燒。那天我回連吃晚飯，特買了一份紅燒狗肉嘗嘗，也請別人嘗嘗。肉很嫩，也不太瘦，和豬的精肉差不多。據大家說，小趨不肯吃狗肉，生的熟的都不吃。據區詩人說，小趨銜了狗肉，在泥地上扒了個坑，把那塊肉埋了。我不信詩人的話，一再盤問，他一口咬定親見小趨叼了狗肉去埋了。可是我仍然相信那是詩人的創造。

忽然消息傳來，幹校要大搬家了。領導說，各連養的狗一律不准帶走。我們搬家前已有一隊解放軍駐在「中心點」上。阿香和我帶著小趨去送給他們，說我們不能帶走，求他們照應。解放軍戰士說：「放心，我們會養活牠；我們很多人愛小牲口。」阿香和我告訴他，小狗名「小趨」，還特意叫了幾聲「小趨」，讓解放軍知道該怎麼稱呼。

我們搬家那天，亂烘烘地，誰也沒看見小趨，大概牠找伴兒遊玩去了。我們搬到明港後，有人到「中心點」去料理些未了的事，回來轉述那邊人的話：「你們的小狗不肯吃食，來回來回的跑，又跑又叫，滿處尋找。」小趨找我嗎？找默存嗎？找我們連裏所有關心牠的人嗎？我們有些人懊悔沒學別連的樣，乾脆違反紀律，帶了狗到明港。可是帶到明港的狗，終究都趕走了。

默存和我想起小趨，常說：「小趨不知怎樣了？」

默存說：「也許已經給人吃掉，早變成一堆大糞了。」

我說：「給人吃了也罷。也許變成一隻老母狗，撿些糞吃過日子，還要養活一窩又一窩的小狗……。」

五、冒險記幸

在息縣上過幹校的，誰也忘不了息縣的雨——灰濛濛的雨，籠罩人間；滿地泥漿，連屋裏的地也潮濕得想變漿。儘管泥路上經太陽曬乾的車輸像刀刃一樣堅硬，害我們走得腳底起泡，一下雨就全化成爛泥，滑得站不住腳，走路拄著枴杖也難免滑倒。我們寄居各村老鄉家，走到廚房吃飯，常有人滾成泥糰子。廚房只是個席棚；旁邊另有個席棚存放車輛和工具。我們端著飯碗盡量往兩個席棚裏擠。棚當中，地較乾；站在邊緣不僅泥濘，還有雨絲颼颼地往裏撲。但不論站在席棚的中央或邊緣，頂頭上還點點滴滴漏下雨來。吃完飯，還得踩著爛泥，一滑一跌到井邊去洗碗。回村路上如果打破了熱水瓶，更是無法彌補的禍事，因爲當地買不到，也不能由北京郵寄。唉！息縣的雨天，實在叫人鼓不起勁來。

一次，連著幾天下雨。我們上午就在村裏開會學習，飯後只核心或骨幹人員開會，其餘的人就放任自流了。許多人回到寄寓的老鄉家，或寫信，或縫補，或趕做冬衣。我住在副隊長家裏，雖然也是六面泥的小房子，卻比別家講究些，朝南的泥牆上還有一尺寬、半尺高的窗洞。我們糊上一層薄紙，又擋風，又透亮。我的床位在沒風的暗角落裏，伸手不見五指，除了晚上睡覺，白天待不住。屋裏只有窗下那一點微弱的光，我也不願佔用。況且雨裏的全副武裝——雨衣、雨褲、長筒雨鞋，都沾滿泥漿，脫換費事；還有一把水淋淋的雨傘也沒處掛。我索性一手打著傘，一手拄著枴棍，走到雨裏去。

我在蘇州故居的時候最愛下雨天。後園的樹木，雨裏綠葉青翠欲滴，鋪地的石子沖洗得光潔無塵；自己覺得身上清潤，心上潔淨。可是息縣的雨，使人覺得自己確是黃土捏成的，好像連骨頭都要化成一堆爛泥了。我踏著一片泥海，走出村子；看看錶，才兩點多，忽然動念何不去看看默存。我知道擅自外出是犯規，可是這時候不會吹號、列隊、點名。我打算偷偷兒抄過廚房，直奔西去的大道。

連片的田裏都有溝；平時是乾的，積雨之後，成了大大小小的河渠。我走下一座小橋，小橋下的路已淹在水裏，和溝水匯成一股小河。但只差幾步就跨上大道了。我不甘心後退，小心翼翼，試探著踩過靠岸的淺水；雖然有幾腳陷得深些，居然平安上坡。我回頭看看後無追兵，就直奔大道西去，只心上切記，回來不能再走這條路。

泥濘裏無法快走，得步步著實。雨鞋越走越重；走一段路，得停下用枴杖把鞋上沾的爛泥撥掉。雨鞋雖是高筒，一路上的爛泥粘得變成「膠力士」，爭著為我脫靴；好幾次我險些把雨鞋留在泥裏。而且不知從哪裏搓出來不少泥丸子，會落進高筒的雨鞋裏去。我走在路南邊，就覺得路北邊多幾莖草，可免滑跌；走到路北邊，又覺得還是南邊草多。這是一條坦直的大道，可是將近磚窰，有二三丈路基塌陷。當初我們菜園挖井，阿香和我推車往菜地送飯的時候，到這裏就得由阿香推車下坡又上坡。連天下雨，這裏一片汪洋，成了個清可見底的大水塘。中間有兩條堤岸。我舉足踹上堤岸，立即深深陷下去。原來那是大車拱起的輪轍，浸了水是一條「酥堤」。我跋涉到此，雖然走的是平坦大道，也不大容易，不願廢然而返。水並不沒過靴筒，還差著一二寸。水底有些地方是沙，有些地方是草；沙地有軟有硬，草地也有軟有硬。我拄著枴杖一步一步試探著前行，想不到竟安然渡過了這個大水塘。

上坡走到磚窰，就該拐彎往北。有一條小河由北而南，流到磚窰坡下，稍一渟洄，就泛入窰西低窪的荒地裏去。坡下那片地，平時河水蜿蜒而過，雨後水漲流急，給沖成一個小島。我沿河北去，只見河面越來越廣。默存的宿舍在河對岸，是幾排灰色瓦房的最後一排。我到那裏一看，河寬至少一丈。原來的一架四、五尺寬的小橋，早已沖垮，歪歪斜斜浮在下游水面上。雨絲綿綿密密，把天和地都連成一片；可是面前這一道丈許的河，卻隔斷了道路。我在東岸望著西岸，默存住的房間更在這排十幾間房間的最西頭。我望著望著，不見一人；忽想到假如給人看見，我豈不成了笑話。沒奈何，我只得踏著泥濘的路，再往回走；一面走，一面打算盤。河愈南去愈窄，水也愈急。可是如果到磚窰坡下跳上小島，跳過河去，不就到了對岸嗎？那邊看去盡是亂石荒墩，並沒有道路；可是地該是連著的，沒有河流間隔。但河邊泥滑，穿了雨靴不如穿布鞋靈便；小島的泥土也不知是否堅固。我回到那裏，伸過手杖去扎那個小島，泥土很結實。我把手杖扎得深深地，攀著杖跳上小島，又如法跳到對岸。一路坑坑坡坡，一腳泥、一腳水，歷盡千難萬阻，居然到了默存宿舍的門口。

我推門進去，默存吃了一驚。

「你怎麼來了？」

我笑說：「來看看你。」

默存急得直罵我，催促我回去。我也不敢逗留，因爲我看過錶，一路上費的時候比平時多一倍不止。我又怕小島越沖越小，我就過不得河了。灰濛濛的天，再昏暗下來，過那片水塘就難免陷入泥裏去。

恰巧有人要過磚窰往西到「中心點」去辦事。我告訴他說，橋已沖垮。他說不要緊，南去另有出路。我就跟他同走。默存穿上雨鞋，打著雨傘，送了我們一段路。那位同志過磚窰往西，我就往東。好在那一路都是剛剛走過的，只需耐心、小心，不妨大著膽子。我走到我們廚房，天已經昏黑。晚飯已過，可是席棚裏還有燈火，還有人聲。我做賊也似的悄悄掠過廚房，泥濘中用最快的步子回屋。

我再也記不起我那天的晚飯是怎麼吃的：記不起是否自己保留了半個饅頭，還是默存給我吃了什麼東西；也記不起是否餓了肚子。我只自幸沒有掉在河裏，沒有陷入泥裏，沒有滑跌，也沒有被領導抓住；便是同屋的夥伴，也沒有覺察我幹了什麼反常的事。

入冬，我們全連搬進自己蓋的新屋。軍宣隊要讓我們好好過個年，吃一餐豐盛的年夜飯，免得我們苦苦思家。

外文所原是文學所分出來的。我們連裏有幾個女同志的「老頭兒」（默存就是我的「老頭兒」——不管老不老，丈夫就叫「老頭兒」）在他們連裏，我們連裏同意把幾位「老頭兒」請來同吃年夜飯。廚房裏的烹調能手各顯奇能，做了許多菜：燻魚、醬雞、紅燒豬肉、咖哩牛肉等等應有盡有；還有涼拌的素菜，都很可口。默存欣然加入我們菜園一夥，圍著一張長方大桌吃了一餐盛饌。小趨在桌子底下也吃了個撐腸拄腹；我料想牠尾巴都搖酸了。記得默存六十週歲那天，我也附帶慶祝自己的六十虛歲，我們只開了一罐頭紅燒雞。那天我雖放假，他卻不放假。放假吃兩餐，不放假吃三餐。我吃了早飯到他那裏，中午還吃不下飯，卻又等不及吃晚飯就得回連，所以只勉強啃了幾口饅頭。這番吃年夜飯，又有好菜，又有好酒；雖然我們倆不喝酒，也和旁人一起陶然忘憂。晚飯後我送他一程，一路走一路閒談，直到拖拉機翻倒河裏的橋邊，默存說：「你回去吧！」他過橋北去，還有一半路。

那天是大雪之後，大道上雪已融化，爛泥半乾，踩在腳下軟軟的，也不滑，也不硬。可是橋以北的小路上雪還沒化。天色已經昏黑，我怕默存近視眼看不清路——他向來不會認路——乾脆直把他送回宿舍。

雪地裏，路徑和田地連成一片，很難分辨。我一路留心記住一處處的標誌，例如哪個轉角處有一簇幾棵大樹、幾棵小樹，樹的枝葉是什麼姿致；什麼地方，路是斜斜地拐；什麼地方的雪特厚，那是田邊的溝，面上是雪，踹下去是半融化的泥漿，歸途應當迴避等等。

默存屋裏已經燈光雪亮。我因爲時間不早，不敢停留，立即辭歸。一位年輕人在旁說：天黑了，他送我回去吧。我想這是大年夜，他在暖融融的屋裏，說說笑笑正熱鬧，叫他冲黑冒寒送我，是不情之請。所以我說不必，我認識路。默存給他這麼一提，倒不放心了。我就吹牛說：「這條路，我哪天不走兩遍！況且我帶著個很亮的手電呢，不怕的。」其實我每天來回走的路，只是北岸的堤和南岸的東西大道。默存也不知道不到半小時之間，室外的天地已經變了顏色，那一路上已不復是我們同歸時的光景了。而且回來朝著有燈光的房子走，容易找路；從亮處到黑地裏去另是一回事。我堅持不要人送，他也不再勉強。他送我到燈光所及的地方，我就叫他回去。

我自恃慣走黑路，站定了先辨辨方向。有人說，女同志多半不辨方向。我記得哪本書上說：女人和母雞，出門就迷失方向。這也許是侮辱了女人。但我確是個不辨方向的動物，往往「欲往城南望城北」。默存雖然不會認路，我卻靠他辨認方向。這時我留意辨明方向：往西南，斜斜地穿出樹林，走上林邊大道；往西，到那一簇三五棵樹的地方，再往南拐：過橋就直奔我走熟的大道回宿舍。

可是我一走出燈光所及的範圍，便落入一團昏黑裏。天上沒一點星光，地下只一片雪白；看不見樹，也看不見路。打開手電，只照見遠遠近近的樹幹。我讓眼睛在黑暗裏習慣一下，再睜眼細看，只見一團昏黑，一片雪白。樹林裏那條蜿蜒小路，靠宿舍裏的燈光指引，暮色蒼茫中依稀還能辨認，這時完全看不見了。我幾乎想退回去請人送送。可是再一轉念：遍地是雪，多兩隻眼睛亦未必能找出路來；況且人家送了我回去，還得獨自回來呢，不如我一人闖去。

我自信四下觀望的時候腳下並沒有移動。我就硬著頭皮，約莫朝西南方向，一納頭走進黑地裏去。假如太往西，就出不了樹林；我寧可偏向南走。地下看著雪白，踩下去卻是泥漿。幸虧雪下有些黍稭稈兒、斷草繩、落葉之類，倒也不很滑。我留心只往南走，有樹擋住，就往西讓。我回頭望望默存宿舍的燈光，已經看不見了，也不知身在何處。走了一會兒，忽一腳踩個空，栽在溝裏，嚇了我一大跳；但我隨即記起林邊大道旁有個又寬又深的溝，這時撞入溝裏，不勝欣喜，忙打開手電，找到可以上坡的地方，爬上林邊的大道。

大道上沒雪，很好走，可以放開步子；可是得及時往南拐彎。如果一直走，便走到「中心點」以西的鄰村去了。大道兩旁植樹，十幾步一棵。我只見樹幹，看不見枝葉，更看不見樹的什麼姿致。來時所認的標誌，一無所見。我只怕錯失了拐彎處，就找不到拖拉機翻身的那座橋。遲拐彎不如早拐彎——拐遲了走入連片的大田，就夠我在裏面轉個通宵了。所以我看見有幾棵樹聚近在一起，就忙拐彎往南。

一離開大道，我又失去方向；走了幾步，發現自己在黍稭叢裏。我且直往前走。只要是往南，總會走到河邊；到了河邊，總會找到那座橋。

我曾聽說，有壞人黑夜躲在黍稭田裏；我也怕野狗聞聲竄來，所以機伶著耳朵，聽著四周的動靜輕悄悄地走，不拂動兩旁黍稭的枯葉。腳下很泥濘，卻不滑。我五官並用，只不用手電。不知走了多久，忽見前面橫著一條路，更前面是高高的堤岸。我終於到了河邊！只是雪地又加黑夜，熟悉的路也全然陌生，無法分辨自己是在橋東還是橋西——因爲橋西也有高高的堤岸。假如我已在橋西，那條河愈西去愈寬，要走到「中心點」西頭的另一個磚窰，才能轉到河對岸，然後再折向東去找自己的宿舍。聽說新近有個幹校學員在那個磚窰裏上吊死了。幸虧我已經不是原先的膽小鬼，否則橋下有人淹死，窰裏有人吊死，我只好徘徊河邊嚇死。我估計自己性急，一定是拐彎過早，還在橋東，所以且往西走；一路找去，果然找到了那座橋。

過橋雖然還有一半路，我飛步疾行，一會兒就到家了。

「回來了？」同屋的夥伴兒笑臉相迎，好像我才出門走了幾步路。在燈光明亮的屋裏，想不到昏黑的野外另有一番天地。

一九七一年早春，學部幹校大搬家，由息縣遷往明港某團的營房。幹校的任務，由勞動改爲「學習」——學習階級鬥爭吧？有人不解「學部」指什麼，這時才恍然：「學部」就是「學習部」。

看電影大概也算是一項學習，好比上課，誰也不准逃學（默存因眼睛不好，看不見，得以豁免）。放映電影的晚上，我們晚飯後各提馬扎兒，列隊上廣場。各連有指定的地盤，各人挨次放下馬扎兒入座。有時雨後，指定的地方泥濘，馬扎兒只好放在爛泥上；而且保不定天又下雨，得帶著雨具。天熱了，還有防不勝防的大羣蚊子。不過上這種課不用考試。我睜眼就看看，閉眼就歇歇。電影只那麼幾部，這一回閉眼沒看到的部分，盡有機會以後補看。

回宿舍有三十人同屋，大家七嘴八舌議論，我只需旁聽，不必洩漏自己的無知。

一次我看完一場電影，隨著隊伍回宿舍。我睜著眼睛繼續做我自己的夢，低頭只看著前人的腳跟走。忽見前面的隊伍漸漸分散，我到了宿舍的走廊裏，但不是自己的宿舍。我急忙退回隊伍，隊伍只剩個尾巴了；一會兒，這些人都紛紛走進宿舍去。我不知道自己的宿舍何在，連問幾人，都說不知道。他們各自忙忙回屋，也無暇理會我。我忽然好比流落異鄉，舉目無親。

抬頭只見滿天星斗。我認得幾個星座；這些星座這時都亂了位置。我不會藉星座的位置辨認方向，只憑顛倒的位置知道離自己的宿舍很遠了。營地很大，遠遠近近不知有多少營房，裏面都亮著燈。營地上縱橫曲折的路，也不知有多少。營房都是一個式樣，假如我在縱橫曲折的路上亂跑，一會兒各宿舍熄了燈，更無從尋找自己的宿舍了。目前只有一法：找到營房南邊鋪石塊的大道，就認識歸路。放映電影的廣場離大道不遠，我撞到的陌生宿舍，估計離廣場也不遠；營房大多南向，北斗星在房後——這一點我還知道。我只要背著這個宿舍往南去，尋找大道；即使繞了遠路，道路卻好走。

我怕耽誤時間，不及隨著小道曲折而行，只顧抄近，直往南去；不防走進了營地的菜圃。營地的菜圃不比我們在息縣的菜圃。這裏地肥，滿畦密密茂茂的菜，蓋沒了一畦畦的分界。我知道這裏每一、二畦有一眼漚肥的糞井；井很深。不久前，也是看電影回去，我們連裏一位高個兒年輕人失足落井。他爬了出來，不顧寒冷，在「水房」——我們的盥洗室——沖洗了好半天才悄悄回屋，沒鬧得人人皆知。我如落井，諒必一沉到底，呼號也沒有救應。冷水沖洗之危，壓根兒可不必考慮。

我當初因爲跟著隊伍走不需手電，並未注意換電池。我的手電昏暗無光，只照見滿地菜葉，也不知是什麼菜。我想學豬八戒走冰的辦法，雖然沒有扁擔可以橫架肩頭，我可以橫抱著馬扎兒，擴大自己的身軀。可是如果我掉下半身，呼救無應，還得掉下糞井。我不敢再胡思亂想，一手提馬扎兒，一手打著手電，每一步都踢開菜葉，緩緩落腳，心上雖急，卻戰戰兢兢，如臨深淵，一步不敢草率。好容易走過這片菜地，過一道溝仍是菜地。簡直像夢魘似的，走呀、走呀，總走不出這片菜地。

幸虧方向沒錯，我出得菜地，越過煤渣鋪的小道，越過亂草、石堆，終於走上了石塊鋪的大路。我立即拔步飛跑，跑幾步，走幾步，然後轉北，一口氣跑回宿舍。屋裏還沒有熄燈，末一批上廁所的剛回房，可見我在菜地裏走了不到二十分鐘。好在沒走冤枉路，我好像只是上了廁所回屋，誰也沒有想到我會睜著眼睛跟錯隊伍。假如我掉在糞井裏，幾時才會被人發現呢？

我睡在梗邦邦、結結實實的小床上，感到享不盡的安穩。

有一位比我小兩歲的同事，晚飯後乖乖地坐在馬扎上看電影，散場時他因腦溢血已不能動彈，救治不及，就去世了。從此老年人可以免修晚上的電影課。我常想，假如我那晚在陌生的宿舍前叫喊求救，是否可讓老年人早些免修這門課呢？只怕我的叫喊求救還不夠悲劇，只能成爲反面教材。

所記三事，在我，就算是冒險，其實說不上什麼險；除非很不幸，才會變成險。

六、誤傳記妄

我寄寓楊村的時候，房東家的貓兒給我來了個惡作劇。我們屋裏晚上點一只油盞，掛在門口牆上。我的床離門最遠，幾乎全在黑影裏。有一晚，我和同屋夥伴兒在井邊洗漱完畢，回房睡覺，忽發現床上有兩堆東西。我幸未冒冒失失用手去摸，先打開手電一照，只見血淋淋一隻開膛破肚的死鼠，旁邊是一堆粉紅色的內臟。我們誰也不敢拿手去拈。我戰戰兢兢移開枕被，和同伴提著床單的四角，把死鼠抖在後院漚肥的垃圾堆上。第二天，我大老清早就起來洗單子，汲了一桶又一桶的井水，洗了又洗，曬乾後又洗，那血跡好像永遠洗不掉。

我遇見默存，就把這樁倒楣事告訴他，說貓兒「以腐鼠『餉』我」。默存安慰我說：「這是吉兆，也許你要離開此處了。死鼠內臟和身軀分成兩堆，離也；鼠者，處也。」我聽了大笑，憑他運用多麼巧妙的圓夢術或拆字法，也不能叫我相信他為我編造的好話。我大可仿效大字報上的語調，向他大喝一聲：「你的思想根源，昭然若揭！想離開此地嗎？休想！」

說眞話，他雖然如此安慰我，我們都懂得「自由是規律的認識」；明知這扇門牢牢鎖著呢，推它、撞它也是徒然。

這年年底，默存到菜園來相會時，告訴我一件意外的傳聞。默存在郵電所，幫助那裏的工作同志辨認難字，尋出偏僻的地名，解決不少問題，所以很受器重，經常得到茶水款待。當地人稱煮開的水爲「茶」，款待他的卻眞是茶葉沏的茶。那位同志透露了一個消息給他。據說北京打電報給學部幹校，叫幹校遣送一批「老弱病殘」回京，「老弱病殘」的名單上有他。

我喜出望外。默存若能回京，和阿圓相依爲命，我一人在幹校就放心釋慮；而且每年一度還可以回京探親。當時雙職工在息縣幹校的，儘管夫妻不在一處，也享不到這個權利。

過了幾天，他從郵電所領了郵件回來，破例過河來看我，特來報告他傳聞的話：回北京的「老弱病殘」，有批准的名單下來了，其中有他。

我已在打算怎樣爲他收拾行李，急煎煎只等告知動身的日期。過了幾天，他來看我時臉上還是靜靜的。我問：

「還沒有公布嗎？」

公布了。沒有他。

他告訴我回京的有誰、有誰。我的心直往下沉。沒有誤傳，不會妄生希冀，就沒有失望，也沒有苦惱。

我陪他走到河邊，回到窩棚，目送他的背影漸遠漸小，心上反覆思忖。

默存比別人「少壯」嗎？我背誦著韓愈〈八月十五夜贈張功曹〉詩，感觸萬端。

我第一念就想到了他檔案袋裏的黑材料。這份材料若沒有「偉大的文化大革命」，我們永遠也不會知道。

「文化大革命」初期，有幾人聯名貼出大字報，聲討默存輕蔑領導的著作。略知默存的人看了就說：錢某要說這話，一定還說得俏皮些；這語氣就不像。有人向我通風報信，我去看了大字報不禁大怒。我說捕風捉影也該有個風、有個影，不能這樣無因無由地栽人。我們倆各從牛棚回家後，我立即把這事告知默存。我們同擬了一份小字報，提供一切線索請實地調查；兩人忙忙吃完晚飯，就帶了一瓶漿糊和手電到學部去，把這份小字報貼在大字報下面。第二天，我為此著實挨了一頓鬥。可是事後知道，大字報所控確有根據：有人告發錢某說了如此這般的話。這項「告發」顯然未經證實就入了檔案。實地調查時，那「告發」的人否認有此告發。紅衛兵的調查想必徹底，可是查無實據。默存下幹校之前，軍宣隊認為「告發」的這件事情節嚴重，雖然查無實據，料必事出有因，命默存寫一份自我檢討。默存只好婉轉其辭、不著邊際地檢討了一番。我想起這事還心上不服。過一天默存到菜園來，我就說：「必定是你的黑材料作祟。」默存說我無聊，事情已成定局，還管它什麼作祟。我承認自己無聊：妄想已屬可笑，還念念在心，灑脫不了。

回京的人動身那天，我們清早都跑到廣場沿大道的那裏去歡送。客裏送人歸，情懷另是一般。我悵然望著一輛輛大卡車載著人和行李開走，忽有女伴把我胳膊一扯說：「走！咱們回去！」我就跟她同回宿舍；她長嘆一聲，欲言又止。我們各自回房。

回京的是老弱病殘。老弱病殘已經送回，留下的就死心塌地，一輩子留在幹校吧。我獨往菜園去，忽然轉念：我如送走了默存，我還能領會「咱們」的心情嗎？只怕我身雖在幹校，心情已自不同，多少已不是「咱們」中人了。我想到解放前夕，許多人惶惶然往國外跑，我們倆為什麼有好幾條路都不肯走呢？思想進步嗎？覺悟高嗎？默存常引柳永的詞：「衣帶漸寬終不悔，為伊消得人憔悴。」我們只是捨不得祖國，撇不下「伊」——也就是「咱們」或「我們」。儘管億萬「咱們」或「我們」中人素不相識，終歸同屬一體，痛癢相關，息息相連，都是甩不開的自己的一部分。我自慚誤聽傳聞，心生妄念，只希望默存回京和阿圓團聚，且求獨善我家，不問其他。解放以來，經過九蒸九焙的改造，我只怕自己反不如當初了。

默存過菜園，我指著窩棚說：「給咱們這樣一個棚，咱們就住下，行嗎？」

默存認眞想了一下說：「沒有書。」

眞的，什麼物質享受，全都罷得；沒有書卻不好過日子。他箱子裏只有字典、筆記本、碑帖等等。

我問：「你悔不悔當初留下不走？」

他說：「時光倒流，我還是照老樣。」

默存向來抉擇很爽快，好像未經思考的；但事後從不游移反覆。我不免思前想後，可是我們的抉擇總相同。既然是自己的選擇，而且不是盲目的選擇，到此也就死心塌地，不再生妄想。

幹校遷往明港，默存和我的宿舍之間，只隔著一排房子，來往只需五、六分鐘。我們住的是玻璃窗、洋灰地的大瓦房。伙食比我們學部食堂的好。廁所不復是葦牆淺坑，上廁也不需排隊了。居處寬敞，箱子裏帶的工具書和筆記本可以拿出來閱讀。阿圓在京，不僅源源郵寄食物，還寄來各種外文報刊。同夥暗中流通的書，都値得再讀。宿舍四周景物清幽，可資流連的地方也不少。我們倆每天黃昏一同散步，更勝於菜園相會。我們既不勞體力，也不動腦筋，深慚無功食祿；看著大批有爲的青年成天只是開會發言，心裏也暗暗著急。

幹校實在不幹什麼，卻是不准離開。火車站只需一小時多的步行就能到達，但沒有軍宣理隊的證明，買不到火車票。一次默存牙痛，我病目。我們約定日子，各自請了假同到信陽看病。醫院新發明一種「按摩拔牙」，按一下、拔一牙。病人不敢嘗試，都逃跑了。默存和我溜出去遊了一個勝地——忘了名稱。山是一個土墩，湖是一個半乾的水塘，有一座破敗的長橋，山坳裏有幾畦藥苗。雖然沒什麼好玩的，我們逃了一天學，非常快活。後來我獨到信陽看眼睛，淚道給楦裂了。我要回北京醫治，軍宣隊怎麼也不答應。我請事假回京，還須領到學部的證明，醫院才准掛號。這大約都是爲了防止幹校人員借看病回京，不再返回幹校。

在幹校生了大病，只好碰運氣。我回京治了眼睛，就帶阿圓來幹校探親。我們母女到了明港，料想默存準會來接；下了火車在車站滿處找他不見，又到站外找，一路到幹校，只怕默存還在車站找我們。誰知我回京後他就大病，犯了氣喘，還發高燒。我和阿圓到他宿舍附近才有人告知。他們連裏的醫務員還算不上赤腳醫生；據她自己告訴我，她生平第一次打靜脈針，緊張得渾身冒汗，打針時結紮在默存臂上的皮帶，打完針都忘了解鬆。可是打了兩針居然見效，我和阿圓到幹校時，他已退燒。那位醫務員常指著自己的鼻子、晃著腦袋說：「錢先生，我是你的救命恩人！」眞是難爲她。假如她不敢或不肯打那兩針，送往遠地就醫只怕更糟呢。

阿圓來探過親，彼此稍稍放鬆了記掛。只是飽食終日，無所用心，人人都在焦急。報載林彪「嗝兒屁著涼」後，幹校對「五一六」的鬥爭都洩了氣。可是回京的老弱病殘呢，仍然也只是開會學習。

據說，希望的事，遲早會實現，但實現的希望，總是變了味的。一九七二年三月，又一批老弱病殘送回北京，默存和我都在這一批的名單上。我還沒有不希望回北京，只是希望同夥都回去。不過既有第二批的遣送，就該還有第三批、第四批……看來幹校人員都將分批遣歸。我們能早些回去，還是私心竊喜。同夥爲我們高興，還爲我們倆餞行。當時宿舍裏爐火未撤，可以利用。我們吃了好幾頓餞行的湯糰，還吃了一頓薺菜肉餛飩——薺菜是野地裏撿的。人家也是客中，比我一年前送人回京的心情慷慨多了。而看到不在這次名單上的老弱病殘，又使我愧汗。但不論多麼愧汗感激，都不能壓減私心的欣喜。這就使我自己明白：改造十多年，再加幹校兩年，且別說人人企求的進步我沒有取得，就連自己這份私心，也沒有減少些。我還是依然故我。

回京已八年。瑣事歷歷，猶如在目前。這一段生活是難得的經驗，因作此六記。

將飲茶

孟婆茶（胡思亂想，代序）

我登上一列露天的火車，但不是車，因爲不在地上走；像筏，卻又不在水上行；像飛機，卻沒有機艙，而且是一長列；看來像一條自動化的傳送帶，很長很長，兩側設有欄杆，載滿乘客，在雲海裏馳行。我隨著隊伍上去的時候，隨手領到一個對號入座的牌子，可是牌上的字碼幾經擦改，看不清楚了。我按著模糊的號碼前後找去：一處是教師座，都滿了，沒我的位子；一處是作家座，也滿了，都沒我的位子；一處是翻譯者的座，標著英、法、德、日、西等國名，我找了幾處，沒有我的位子。傳送帶上有好多穿灰色制服的管事員。一個管事員就來問我是不是「尾巴」上的，「尾巴」上沒有定座。可是我手裏卻拿著個座牌呢。他要去查對簿子。另一個管事員說，算了，一會兒就到了。他們在傳送帶的橫側放下一隻凳子，請我坐下。

我找座的時候碰到些熟人，可是正忙著對號，傳送帶又不停的運轉，行動不便，沒來得及交談。我坐定了才看到四周秩序井然，不敢再亂跑找人。往前看去，只見灰濛濛一片昏黑。後面雲霧裏隱隱半輪紅日，好像剛從東方升起，又好像正向西方下沉，可是升又不升，落也不落，老是昏騰騰一團紅暈。管事員對著手拿的擴音器只顧喊「往前看！往前看！」他們大多憑欄站在傳送帶兩側。

我悄悄向近旁一個穿灰制服的請教：我們是在什麼地方。他笑說：「老太太翻了一個大觔斗，還沒醒呢！這是西方路上。」他向後指點說：「那邊是紅塵世界，咱們正往西去。」說罷也喊「往前看！往前看！」因爲好些乘客頻頻回頭，頻頻拭淚。

我又問：「咱們是往哪兒去呀？」

他不理睬，只用擴音器向乘客廣播：「乘客們做好準備，前一站是孟婆店；孟婆店快到了，請做好準備！」

前前後後傳來紛紛議論。

「哦！上孟婆店喝茶去！」

「孟婆茶可喝不得呀！喝一杯，什麼事都忘得一乾二淨了。」

「喏！喝它一杯孟婆茶，一了百了！」

「我可不喝！多大的浪費啊！一杯茶沖掉了一輩子的經驗，一輩子不都是白活了？」

「你還想抱住你那套寶貴的經驗，再活一輩子嗎？」

「反正我不喝！」

「反正也由不得你！」

管事員大概聽慣這類議論。有一個就用擴音器耐心介紹孟婆店。

「『孟婆店』是習慣的名稱，現在叫『孟大姊茶樓』。孟大姊是最民主的，喝茶絕不勉強。孟大姊茶樓是一座現代化大樓。樓下茶座只供清茶；清茶也許苦些。不愛喝清茶，可以上樓。樓上有各種茶：牛奶紅茶，檸檬紅茶，薄荷涼茶，玫瑰茄涼茶，應有盡有；還備有各色茶食，可以隨意取用。哪位對過去一生有什麼意見、什麼問題、什麼要求、什麼建議，上樓去，可以分別向各負責部門提出，一一登記。那兒還有電視室，指頭一按，就能看自己過去的一輩子——各位不必顧慮，電視室是隔離的，不是公演。」

這話激起哄然笑聲。

「平生不作虧心事，我的一生，不妨公演。」這是豪言壯語。

「得有觀眾欣賞呀！除了你自己，還得有別人愛看啊！」這是個冷冷的聲音。

擴音器裏繼續在講解：

「茶樓不是娛樂場，看電視是請喝茶的意思。因爲不等看完，就渴不及待，急著要喝茶了。」

我悄悄問近旁那個穿制服的：「爲什麼？」

他微微一笑說：「你自己瞧瞧去。」

我說，我喝清茶，不上樓。

他詫怪說：「誰都上樓，看看熱鬧也好啊。」

「看完了可以再下樓喝茶嗎？」

「不用，樓上現成有茶，清茶也有，上去就不再下樓了——只上，不下。」

我忙問：「上樓往哪兒去？不上樓又哪兒去？」

他鼻子裏哼了一聲說：「我只隨著這道帶子轉，不知到哪裏去。你不上樓，得早作準備。樓下只停一忽兒，錯過就上樓了。」

「準備什麼？」

「得輕裝，不准夾帶私貨。」

我前後掃了一眼：「誰還帶行李嗎？」

他說：「行李當然帶不了，可是，身上、頭裏、心裏、肚裏都不准夾帶私貨。上樓去的呢，提意見啊，提問題啊，提要求啊，提完了，撩不開的也都撩下了。你是想不上樓去呀。」

我笑說：「喝一杯清茶，不都化了嗎？」

他說：「這兒的茶，只管忘記，不管化。上樓的不用檢查。樓下，喝完茶就離站了，夾帶著私貨過不了關。」

他話猶未了，傳送帶已開進孟婆店。樓下陰沉沉、冷清清；樓上卻燈光明亮，熱鬧非常。那道傳送帶好像就要往上開去。我趕忙跨出欄杆，往下就跳。只覺頭重腳輕，一跳，頭落在枕上，睜眼一看，原來安然躺在床上，耳朵裏還能聽到「夾帶私貨過不了關」。

好吧，我夾帶著好些私貨呢，得及早清理。

楊絳　一九八三年十月底

回憶我的父親

前言

一九七九年冬，中國社會科學院近代史研究所為調查清末中國同盟會（包括其他革命團體）會員情況，給我一封信，原文如下：「令尊補塘先生是江蘇省最早從事反清革命活動的人物之一，參加過東京勵志社，創辦《國民報》《大陸雜誌》，在無錫首創勵志學社，著有影響」，因此要我介紹簡歷及傳記資料等，並提出一個問題：「在補塘先生一生中，有過一個重大的變化，即從主張革命轉向主張立憲。這中間的原因和過程如何，是史學界所關心的，盼望予以介紹。」

我只是寫了一份父親的簡歷，對於提出的問題，不敢亂說，沒有解答。其實，我雖然不能算「知道」，卻也不能說「不知道」；不僅對所提的這一轉向，就連以後的轉向，我即使不能說「知道」，也都有我的體會。近年來追憶思索，頗多感觸，所以想盡我的理解，寫一份可供參閱的資料。

日本中島碧教授、美國李又安（Adele Rickett）教授曾分別為我查核日本和美國的資料。此文一九八三年發表後，一九九〇年上海復旦大學歷史系鄒振環同志提供了有關我父親翻譯工作的資料；一九九二年江蘇教育學院翟國璋同志提供了有關我國現代史的資料。我已把原文相應修改。謹向他們致謝。

一九九三年二月二日

一

我父親楊蔭杭（一八七八—一九四五），字補塘，筆名老圃，又名虎頭，江蘇無錫人，一八九五年考入北洋大學堂（當時稱「天津中西學堂」），一八九七年轉入南洋公學，一八九九年由南洋公學派送日本留學，卒業早稻田大學。他回國後因鼓吹革命，清廷通緝，籌借了一筆款子，再度出國，先回日本早稻田讀得學位，又赴美留學。我是父親留美回國後出生的，已是第四個女兒。那時候，我父親不復是鼓吹革命的「激烈派」。他在辛亥革命後做了民國的官，成了衛護「民主法治」的「瘋騎士」——因爲他不過做了一個省級的高等審判廳長，爲了判處一名殺人的惡霸死刑，堅持司法獨立，和庇護殺人犯的省長和督軍頂牛，直到袁世凱把他調任。他在北京不過是京師高等檢察廳長，卻讓一位有貪污巨款之嫌的總長（現稱部長）受到高檢廳傳訊，同時有檢察官到總長私邸搜查證據。許多高官干預無效；司法總長請得大總統訓令，立將高檢長及搜查證據的檢查官給以「停職」處分。《民國演義》上提到這件事，說楊某其實沒錯，只是官官相護。據我理解，我父親的「立憲夢」，辭官之前早已破滅。

我說「理解」，因爲都未經證實。我在父母身邊的時候，對聽到的話不求甚解。有些事只是傳聞；也有些是父親對我講的，當時似懂非懂，聽完又忘了；有些事是旁聽父母的談話而領會的。

我母親唐須荌也是無錫人。我父母好像老朋友，我們子女從小到大，沒聽到他們吵過一次架。舊式夫婦不吵架的也常有，不過女方會有委屈悶在心裏，夫婦間的共同語言也不多。我父母卻無話不談。他們倆同年，一八九八年結婚。當時我父親還是學生。從他們的談話裏可以聽到父親學生時代的舊事。他們往往不提名道姓而用諢名，還經常引用典故——典故大多是當時的趣事。不過我們孩子聽了不准發問。「大人說話呢，『老小』（無錫土話，指小孩子）別插嘴。」他們談的話眞多：過去的，當前的，有關自己的，有關親戚朋友的，可笑的，可恨的、可氣的……。他們有時嘲笑，有時感慨，有時自我檢討，有時總結經驗。兩人一生中長河一般的對話，聽來好像閱讀拉布呂耶爾（Jean de La Bruyère）《人性與世態》（*Les Caractères*）。他們的話時斷時續，我當時聽了也不甚經心。我的領會，是由多年不經心的一知半解積累而得。我父親辭官後做了律師。他把每一件受理的案子都詳細向我母親敘述：爲什麼事，牽涉什麼人等等。他們倆一起分析，一起議論。那些案件，都可補充《人性與世態》作爲生動的例證。可是我的理解什麼時候開始明確，自己也分辨不清。

例如我五、六歲在北京的時候，家裏有一張黎元洪的相片，大概是大總統發給每個下屬的。那張照片先掛在客廳暗陬，不久貶入吃飯間。照片右上角有一行墨筆字：「補塘檢察長」。我常搬個凳子，跪在凳上仔細端詳。照上的人明明不是我父親，怎麼又寫著我父親的名字？我始終沒敢發問，怕問了惹笑或招罵，我不知什麼時候開始明白：落款不是標籤，也不知什麼時候知道那人是黎元洪。可是我拿穩自己的理解沒錯。

我曾問父親：「爸爸，你小時候是怎麼樣的？」父親說，「就和普通孩子一樣。」可是我叮著問，他就找出二寸來長一隻陶製青底藍花的小靴子給我，說小時候坐在他爺爺膝上，他爺爺常給他剝一靴子瓜子仁，教他背白居易詩「未能拋得杭州去，一半勾留是此湖」。那時候，他的祖父在杭州做一個很小的小官。我的祖父也在浙江做過一個小地方的小官。兩代都是窮書生，都是小窮官。我祖父病重還鄉，下船後不及到家便嚥了氣。家裏有上代傳下的住宅，但沒有田產。我父親上學全靠考試選拔而得的公費。

據我二姑母說，我父親在北洋公學上學時，有部分學生鬧風潮。學校掌權的洋人（二姑母稱爲「洋鬼子」）出來鎮壓，說鬧風潮的一律開除。帶頭鬧的一個廣東人就被開除了。「洋鬼子」說，誰跟著一起鬧風潮的一起開除。一夥人面面相覷，都默不作聲。鬧風潮不過是爲了伙食，我父親並沒參與，可是他看到那夥人都縮著腦袋，就冒火了，挺身而出說：「還有我！」好得很，他就陪著那個廣東同學一起開除，風潮就此平息。那是一八九七年的事。

當時我父親是個窮學生。寒素人家的子弟，考入公費學校，境遇該算不錯，開除就得失去公費。幸虧他從北洋開除後，立即考入南洋公學。我現在還存著一幅一九〇八年八月中國留美學生在美國馬薩諸塞州開代表大會的合影。正中坐的是伍廷芳。前排學生展著一面龍旗。後排正中兩個學生扯著一面旗子，大書「北洋」二字。我父親就站在這一排。他曾指著扯旗的一人說「這是劉麻子」，又指點這人那人是誰，好像都很熟。我記得有一次他滿面淘氣的笑，雙手扠腰說：「我是老北洋。」看來他的開除，在他自己和同學眼裏，只是一件滑稽的事。

我大姊從父母的談話裏，知道父親確曾被學校開除，只是不知細節。我父親不愛談他自己，我們也不問。我只記得他偶爾談起些笑話，都是他年輕時代無聊或不講理的細事。他有個同房間是松江人，把「書」字讀如「須」。父親往往故意惹他，說要「撒一課『須』去」（上海話「尿」「書」同音）。松江人怒不可遏。他同班有個胖子，大家笑他胖。胖子生氣說：「你們老了都會發胖。」我父親跟我講的時候，摩挲著自己發了胖的肚子，忍笑說：「我對他說，我發了胖，就自殺！」胖子氣得咈哧咈哧。我不知道父親那時候是在北洋或南洋，只覺得他還未脫頑童時期的幽默。二姑母曾告訴我：小哥哥（我父親）捉了一隻蛤蟆，對牠噴水念咒，把牠扣在空花盆底下叫牠土遁；過了一星期，記起了那隻蛤蟆，翻開花盆一看，蛤蟆還沒死，餓成了皮包骨頭。這事我也沒有問過父親。反正他早說過，他就和普通的孩子一樣。

二

《中華民國史》上說：一九〇〇年春，留日學生成立勵志會；一九〇〇年下半年，會員楊廷棟、楊蔭杭、雷奮等創辦了《譯書匯編》，這是留學生自辦的第一個雜誌，專門譯載歐美政法名著，諸如盧梭的《民約論》、孟德斯鳩的《萬法精義》、穆勒的《自由原論》等書，這些譯著曾在留學生和國內學生中風行一時①。馮自由《革命逸史》也說起《譯書匯編》②：「江蘇人楊廷棟、楊蔭杭、雷奪等主持之，以翻譯法政名著爲宗旨，譯筆流麗典雅，于吾國青年思想之進步收效至巨。」③我曾聽到我父親說：「與其寫空洞無物的文章，不如翻譯些外國有價値的作品。」還說：「翻譯大有可爲。」我在父親從國外帶回的書裏，看到過一本英譯的孟德斯鳩《萬法精義》和一本原文的達爾文《物種起源》。可是我父親從沒有講過他自己的翻譯，我也從未讀過。他也從未鼓勵我翻譯，也從未看到我的翻譯。

據《革命逸史》④，一八九九年上海南洋公學派留東學生六人（我父親是其中一個，楊廷棟、雷奮和其他三人的名字都是我經常聽到的）。他們和其他各省派送的留日學生初到日本，言語不通。日本文部省特設日華學校，專教中國學生語言及補習科學。「雷奮、楊蔭杭、楊廷棟三人稅居早稻田附近，即當日雷等爲《譯書匯編》及《國民報》⑤撰文之所。留學生恆假其地作聚會集中點。」那時有某日本舍監偷吃中國留學生的皮蛋，又有個日本下女偷留學生的牙粉搽臉。我聽父親講過「偷皮蛋舍監嘗異味，搽牙粉醜婢賣風流」的趣聞。但從不知道父親參與譯書並爲《國民報》撰稿的事。我大姊只知道父親會騎自行車，因爲看見過父親扶著自行車照的相片，母親配上小框放在桌上。

馮自由的《革命逸史》⑥和《中華民國史》⑦都提到留日學生的勵志會裏有激烈派和穩健派之分；激烈派鄙視穩健派，兩派「勢如水火」。我父親屬於激烈派，他的一位同窗老友屬於穩健派。他們倆的私交卻並不「勢如水火」。我記得父親講他們同班某某是留學生監督的女婿，一九〇〇年轉送到美國留學。同班學生不服氣。我父親攛掇他那位穩健派朋友提出申請，要求調往美國，理由是同窗楊某（父親自指）一味鼓吹革命，常和他一起不免受他「邪說」的影響。我不知道那位朋友是否眞的提出了要求，反正他們的搗鬼沒有成功。

《中華民國史》上說：「江蘇地方革命小團體發生最早，一九〇一年夏留學生楊蔭杭回到家鄉無錫，聚集同志，創設了勵志學會。他們藉講授新智識之機，宣傳排滿革命……」。⑧據說這段歷史沒有錯。我不明白他怎麼卒業前一年回鄉，不知有何確實的憑據。

我父親一九〇二年在日本早稻田大學（當時稱「東京專門學校」）本科卒業⑨，回國後和雷奮、楊廷棟同被派往譯書院譯書⑩。最近我有一位朋友在北京圖書館找到一本我父親編譯的《名學教科書》（一九〇三年再版）。想就是那個時期編譯的。孫寶恂光緒二十八年十二月二十九日（一九〇三年）日記裏曾提到這部書：「觀《名學》，無錫楊蔭杭述。余初不解東文哲學書中『內容』、『外延』之理，今始知之。」⑪

譯書館因經費支絀，一九〇三年停辦。我父回到家鄉，和留日學生蔡文森、顧樹屛在無錫創辦了「理化研究會」，提倡研究理化並學習英語。我母親形容父親開夜車學理化，用功得背上生了一個「搭手疽」，吃了多少「六神丸」。我記得父親晚年，有一次從上海回到蘇州，半開玩笑半認眞地和我母親講「理化會的大成就」。有一個製造「紅丸」（即「白麵」）的無錫人，當年曾是「理化會」的成員，後來在上海法租界居住，在他家花園的假山洞裏製造「紅丸」（有法租界巡捕房保護）。他製成的毒品用鉛皮密封在木箱裏，運到法國海岸邊，拋入海裏，然後由販毒商人私運入歐洲。那個人成了大富翁。我父親慨嘆說：「大約那是我們唯一的成績吧？」

東京《國民報》以英國人「經塞爾」名義發行。「經塞爾」其實是馮自由的父親馮鏡如的外國名字，藉此避免清公使館的干涉。報中文字由某某等執筆，其中有我父親。後來因資本告罄而停版。

抗戰勝利後，我在上海，陳衡哲先生請我喝茶，會見胡適。他用半上海話對我說：「我認識你的姑母，認識你的叔叔，你老娘家（蘇滬土語「尊大人」的意思）是我的先生。」⑫。鍾書對我說，胡適絕不肯亂認老師，他也不會記錯。我想，大概我父親由譯書院回南後在上海工作。曾在澄衷學校、務本女校、中國公學教課；不知在那個學校教過胡適。聽說我父親暑假回無錫，在俟實中學公開鼓吹革命，又拒絕對祠堂裏的祖先叩頭，同族某某等曾要驅逐他出族。我記得父親笑著講無錫鄉紳——駐意大利欽差許珏曾憤然說：「此人（指我父親）該槍斃。」反正他的「革命邪說」招致清廷通緝，於是他籌借了一筆款子（一半由我外祖父借助），一九〇六年初再度出國。

我大姊說，父親一九〇六年到美國求學。但據日本早稻田大學的學籍簿，他一九〇六年九月入該校研究科，專研法律；一九〇七年七月畢業，寄寓何處等等都記載分明。料想我父親在清廷通緝令下，潛逃日本是最便捷的途徑。早稻田大學本科卒業不授學位；考入研究科，通過論文，便獲得法學士學位。隨後他就到美國去了。

父親告訴我，他初到美國，住在校長（不知什麼學校）家裏學習英語，同住宿的還有幾個美國青年。他要問字典上查不到的家常字（如大小便之類），同學不敢回答，特地問得校長准許，才敢教他。

父親從未提及他的學位和論文。我只偶爾撿得一張父親在賓夕法尼亞大學一九〇九—一九一〇年的註冊證。倒是鍾書告訴我：「爸爸的碩士論文收入賓夕法尼亞大學法學叢書第一輯，書名是《日本商法》（*Commercial Code of Japan*）。」我只記得大姊講，父親歸國途中遊歷了歐洲其他國家，還帶回好幾份印好的論文。我問鍾書：「你怎麼會知道？」鍾書說：「我看見的——爸爸書房裏的書櫥最高層，一本紅皮書。我還問過爸爸，他說是他的碩士論文——現在當然找不到了。」我寫信給美國友人賓夕法尼亞大學的李又安（Adele Rickett）教授，託她找找有沒有這本書。據她回信，鍾書一點也沒記錯。那本書一找就見，在法學院圖書館。承她還爲我複製了封面幾頁和一篇盧易士（Draper Lewis）教授寫的序文。據那張註冊證，他是當時的法學院長。全書三百十九頁，我父親離校後一九一一年出版。從序文看來，這本書大概是把日本商法和它所依據的德國商法以及它所採用的歐洲大陸系統的商法作比較，指出特殊的地方是爲了適合日本的國情，由比較中闡明一般商法的精神。序文對這本書很欣賞，不過我最感親切的是盧易士先生形容我父親寫的英文：「雖然完全正確，卻有好些別致的說法；而細讀之下，可以看出作者能用最簡潔的文字，把日本商法的原意，確切地表達出來。」我想這是用很客氣的話，說我父親寫的英文有點中國味道吧？

我猜想，父親再次出國四年多，脫離了革命，埋頭書本，很可能對西方的「民主法治」產生了幻想。他原先的「激烈」，漸漸冷靜下來。北伐勝利後，我經常聽到父親對母親挖苦當時自稱的「廉潔政府」。我在高中讀書的時候，一九二七或一九二八年，我記得父親曾和我談過「革命派」和「立憲派」的得失。他講得很仔細，可是我不大懂，聽完都忘了，只覺得父親傾向於改良。他的結論是「改朝換代，換湯不換藥」。不過父親和我講這番話的時候，他的「立憲夢」早已破滅了。我當時在父母的庇蔭之下，不像我父親年輕時候，能看到革命的迫切。我是脫離實際的後知後覺或無知無覺，只憑抽象的了解，覺得救國救民是很複雜的事，推翻一個政權並不解決問題，還得爭求一個好的制度，保障一個好的政府。

我不信父親對清室抱有任何幻想。他稱慈禧爲禍國殃民的無識「老太婆」。我也從未聽他提到光緒有任何可取。他回國後由張謇推薦，在北京一個法政學校講課。那時候，爲宣統「輔政」的肅親王善耆聽到我父親是東西方法律的行家，請他晚上到王府講授法律課。我父親的朋友包天笑在一部以清末民初爲背景的小說裏曾提起這事，鍾書看到過，但是記不起書名，可能是《留芳記》。聽說這個肅親王是較爲開明而毫無實權的人。我父親爲他講法律只是爲餬口計，因爲法政學校的薪水不夠維持生活。

辛亥革命前夕，我父親辭職回南，肅親王臨別和他拉手說：「祝你們成功。」拉手祝賀，只表示他有禮貌，而「你們」兩字卻很有意思，明白點出東家和西席之間的不同立場。「祝你們成功」這句話是我父親著重和我講的。

我父親到了上海，在申報館任編輯，同時也是上海律師公會創始人之一。當律師仍是爲餬口計。我是第四個女兒，父母連我就是六人，上面還有祖母。父親有個大哥在武備學校學習，一次試炮失事，轟然一聲，我大伯父就轟得不知去向，遺下大伯母和堂兄堂姊各一。一家生活之外，還有大小孩子的學費。我的二姑母當時和我堂姊同在上海啓明女校讀書，三姑母在蘇州景海女校讀書，兩位姑母的學費也由我父親供給。我有個叔叔當時官費在美國留學，還沒有學成。整個大家庭的負擔全在我父親一人身上。

三

據我大姊講，我父親當律師，一次和會審公堂的法官爭辯。法官訓斥他不規規矩矩坐著，卻翹起了一條腿。我父親故意把腿翹得高高地，侃侃而辯。第二天上海各報都把這事當作頭條新聞報導，有的報上還畫一個律師，翹著一條腿。從此我父親成了「名」律師。不久，由張謇推薦，我父親做了江蘇省高等審判廳長兼司法籌備處處長，駐蘇州。我父母親帶了我們姊妹，又添了一個弟弟，搬到蘇州。

我不知道父親和張謇是什麼關係，只記得二姑母說，張謇說我父親是「江南才子」。鍾書曾給我看張謇給他父親的信，稱他父親為「江南才子」。這使得我不禁懷疑：「江南才子」是否敷衍送人的；或者我特別有緣，從一個「才子」家到又一個「才子」家！我記得我們蘇州的住宅落成後，大廳上「安徐堂」的匾額還是張謇的大筆，父親說那是張謇一生中末一次題的匾。

一九一三年秋，熊希齡出任國務總理，宣稱要組成「第一流經驗與第一流人才之內閣」。當時名記者黃遠庸在〈記新內閣〉（民國二年九月十一日）一文裏說：「有擬楊蔭杭（即老圃者）〔長司〕法部者，此語亦大似商量飯菜單時語及園圃中絕異之新蔬，雖不必下箸而已津津有味矣。然梁任公即長法部，識者謂次長一席終須此圃。此圃方為江蘇法官，不知其以老菜根佳耶，抑上此台盤佳也。」⑬顯然我父親是啃「老菜根」而不上「台盤」的。

我父親當了江蘇省高等審判廳長，不久國家規定，本省人迴避本省的官職，父親就調任浙江省高等審判廳長，駐杭州。惡霸殺人的案件，我從父母的談話裏只聽到零星片斷。我二姑母曾跟我講，那惡霸殺人不當一回事，衙門裏使些錢就完了。當時的省長屈映光（就是「本省長向不吃飯」的那一位）、督軍朱某（據說他和惡霸還有裙帶親）都回護凶犯。督軍相當於前清的撫台，省長相當於藩台，高等審判廳長算是相當於臬台，通稱「三大憲」；臬台當然是最起碼的「大憲」，其實是在督軍省長的轄治之下。可是據當時的憲法，三權分立，督軍省長不能干預司法。這就造成僵局，三權分立而分裂——至少分裂爲二。我父親堅持司法獨立，死不讓步。我不知雙方僵持多久，約一九一五年袁世凱稱帝前夕，屈映光到北京晉見袁世凱，我父親就調任了。

我曾聽到父母閒話的時候，驚詫那些走門路的人無孔不入，無縫不鑽。我外祖父偶從無錫到杭州探望女兒，立刻就被包圍了。我的外祖父是個忠厚的老好人，我不知道他聽了誰的調唆，向我父親說了什麼話。我父親不便得罪老丈人，只默不作聲。外祖父後來悄悄問我母親：「怎麼回事？三拳打不出他一個悶屁？」這句話成了父母常引用的「典故」。

我父親去世以後，浙江興業銀行行長葉景葵先生在上海，鄭重其事地召了父親的子女講這件惡霸判處死刑的事。大致和我二姑母講的相同，不過他著重說，那惡霸向來魚肉鄉民，依仗官方的勢力橫行鄉里；判處了死刑大快人心。他說：「你們老人家大概不和你們講吧？我的同鄉父老至今感戴他。你們老人家的爲人，做兒女的應該知道。」

屈映光有個祕書屈伯剛先生，上海孤島時期在聖約翰大學當國文教授，也在振華女中（滬校）兼課，和我同事。屈先生是蘇州人，一次他一口純蘇白對我說，「唔爺篤老太爺直頭硬！嗐，直頭硬個！」我回家學給父親聽。父親笑了，可是沒講自己如何「硬」，只感嘆說：「朝裏無人莫做官。」屈映光晉見袁世凱，告了我父親一狀，說「此人頑固不靈，難與共事」。袁世凱的機要祕書長張一麐（仲仁）先生恰巧是我父親在北洋大學的同窗老友，所以我父親沒吃大虧。我父親告訴我說，袁世凱親筆批了「此是好人」四字，我父親就調到北京。

我問父親：「那壞人後來就放了嗎？」父親說：「地方廳長張××（我忘了名字）是我用的人。案子發回重審，他維持原判。」父親想起這事，笑著把拳頭一攥說：「這是我最得意的事！」

「壞人就殺了？」

父親搖頭說：「關了幾時，總統大赦，減爲徒刑，過幾年就放了。」我暗想，這還有什麼可得意的呢？證明自己判決得不錯？證明自己用的人不錯？這些笨話我都沒問，慢慢地自己也領會了。

地方廳長張先生所受的威脅利誘，不會比我父親所受的輕。當時實行的是「四級三審」

制。每個案件經過三審就定案。到高等廳已是第二審，發回重審就是第三審，不能再向大理院上訴。凶犯家屬肯定對地方廳長狠加壓力。高等廳長已調任，地方廳長如果不屈從當地權勢，當然得丟官。張先生維持原判，足見為正義、為公道不計較個人利害得失的，自有人在！我至今看到報上宣揚的好人好事，常想到默默無聞的好人好事還不知有多少，就記起父親一攥拳頭的得意勁兒，心上總感到振奮——雖然我常在疑慮，甚至悲觀。

我想，父親在北京歷任京師高等審判廳長、京師高等檢察長、司法部參事等職。他準看透了當時的政府。「憲法」不過是一紙空文。他早想辭官不幹，了。他的「頑固不靈」，不論在杭州，在北京，都會遭到官場的「難與共事」。我記得父母講到傳訊一位總長的那一夜，回憶說：「一夜的電話沒有停。」都是上級打來的。第二天，父親就被停職了。父親對我講過：「停職審查」雖然遠不如「褫職查辦」嚴重，也是相當重的處分；因為停職就停薪。我家是靠薪水過日子的。⑭

我當時年幼，只記得家裡的馬車忽然沒有了，兩匹馬都沒有了，大馬夫、小馬夫也走了。想必是停薪的結果。

我父親在大暑天和一位愛作詩的植物學家同鄉黃子年同上百花山去採集標本，去了大約一星期，回家來一張臉曬成了紫糖色，一個多星期後才慢慢褪白。父親對植物學深有興趣，每次我們孩子到萬牲園（現稱「動物園」）去看獅子老虎，父親總一人到植物園去，我不懂植物有什麼好看。那次他從百花山回來，把採集的每一顆野花野草的枝枝葉葉，都用極小極整齊的白紙條加固在白而厚的大張橡皮紙上，下面注明什麼科（如茄科、菊科、薔薇科等）植物，什麼名字。中文下面是拉丁文。多年後，我曾看到過那些標本。父親做標本的時候，我自始至終一直站在旁邊仔仔細細地看著，佩服父親幹活兒利索，剪下的小白紙條那麼整齊，寫的字那麼好看，而且從不寫錯。每張橡皮紙上都蒙上一張透明的薄紙，積成厚厚的一大疊，就用一對木夾子上下夾住，使勁用腳踩扁，用繩子緊緊捆住。這幾捆標本帶到無錫，帶到上海，又帶到蘇州，後來有一次家裏出垃圾，給一個中學收買去做教材了。父親有閒暇做植物標本，想必是在停職期間。

我家租居陳璧的房子。大院南邊籬下有一排山桃樹。一九一九年我撿桃核的時候，三姊對我說：「別撿了，咱們要回南了。」我不懂什麼叫「回南」。姊姊跟我講了，然後說，母親的行李限得很嚴，桃核只能撿最圓整的帶幾顆。我著急說：「那麼我的泥刻子呢？」姊姊說泥刻子南邊沒用，南邊沒有黃土。我在箱子間的外間屋裏，看見幾只整理了一半的網籃，便偷偷兒撒了兩把桃核進去，後來那些桃核都不知去向了。從不出遊的母親遊了頤和園、香山等名勝，還買了好些北京的名藥如紫金錠、梅花點舌丹之類，絹製的宮花等等，準備帶回南方送人的。

據我國近代史料：「×××受賄被捕，在一九一七年五月。國務會議認爲×××沒有犯罪的證據，反要追究檢察長楊蔭杭的責任；×××宣告無罪，他隨即辭去交通部長的職務。」⑮我想，父親專研法律，主張法治，堅持司法獨立；他區區一個京師檢察長——至多不過是一個「中不溜」的幹部，竟膽敢傳訊在職的交通部總長，並派檢察官到他寓所搜查證據，一定是掌握了充分的罪證，也一定明確自己沒有逾越職權。

據一九一七年五月二十五、二十六日《申報》要聞：「高檢長楊蔭杭因傳訊×××交付懲戒，楊已向懲戒會提出《申辯書》，會中對於此事，已開過調查會一次，不日當有結果。茲覓得司法部請交懲戒之原呈及楊檢長之《申辯書》並錄於下。此案之是非曲直，亦可略見一斑矣。」⑯

《申辯書》共十二條。前十條說明自己完全合法。後二條指控司法總長不合法，且有袒護之嫌。

《申辯書》不僅說明問題，還活畫出我父親當時的氣概。特附在本文之末，此案只是懸案，所以我把有嫌貪污巨賄的總長姓名改爲×××。

據我推斷，父親停職期很短。他只有閒暇上百花山採集花草，製成標本，並未在家閒居。他上班不乘馬車，改乘人力車，我家只賣了馬車、馬匹，仍照常生活，一九一九年秋才回南。可見父親停職後並未罷官，還照領薪水。他辭職南歸，沒等辭職照准⑰。

一九一九年秋季，我上初小三年級。忽有一天清早，我跟著父母一家人回南了。路上碰見一個並不要好的同學，我恨不能叫她給我捎句話給同學，說我「回南」了，心上很悵然。

火車站上爲我父親送行的有一大堆人——不是一堆，是一大片人，誰也沒有那麼多人送行，我覺得自己的父親與眾不同，很有自豪感。火車快開了，父親才上車。有個親戚末了一分鐘趕到，從車窗裏送進一蒲包很甜的玫瑰香。可見我們離開北京已是秋天了。

在家裏，我們只覺得母親是萬能的。可是到了火車上，母親暈車嘔吐，弱得可憐。父親卻鎮定從容地照看著一家大小和許多行李。我自以爲第一次坐火車，其實我在北京出生不久就回南到上海，然後我家遷居蘇州，又遷居杭州，又回北京，這次又回南，父親已經富有旅行的經驗了。

幾年前我家在上海的時候，大姊二姊都在上海啓明女校上學。她們寄宿學校，只暑假回家。一九一七年張勳復辟，北京亂糟糟，兩個姊姊沒能夠到北京，只好回到無錫老家去過了一個暑假。姊妹倆想家得厲害。二姊回校不久得了副傷寒，住在醫院裏。當時天津大水，火車不通。母親得知二姊生病，忙乘輪船趕到上海，二姊目光已經失散，看不清母親的臉，只拉著母親的手哭。她不久去世，還不到十五歲。二姊是我們姊妹裏最聰明的一個，我父母失去了她是一生中的大傷心事。我母親隨即帶了大姊同回北京。一九一九年我家離北京南歸，我只有大姊和三姊了，下面卻添了兩個弟弟和我的七妹。我家由北京到天津，住了一二天客棧，搭「新銘」輪船到上海。我父親親自抱著七妹，護著一家人，押著大堆行李上船下船。我記得父母吩咐，「上海碼頭亂得很，『老小』要聽話」。我們很有秩序地下了輪船又上「拖船」。「拖船」是由小火輪拖帶的小船，一隻火輪船可以拖帶一大串的小船。我們家預先包好一隻「拖船」，行李堆在後艙，一家人都坐在前艙，晚上把左右兩邊座位中間的空處搭上木板，就合成一只大床。三姊著急說：「我的腳往哪兒垂呀？」父親說她「好講究！腳還得往下垂嗎？」大家都笑。我們孩子覺得全家睡一只大床很好玩。

我父母親在無錫預先租下房子，不擠到老家去住。那宅房子的廚房外面有一座木橋，過了橋才是後門。我可以不出家門，而站在橋上看來往的船隻，覺得新奇得很。我父母卻對這宅房子不滿意，只是一時也找不到合適的。

我還是小孩子，不懂得人生疾苦。我父親正當壯年，也沒估計到自己會病得幾乎不起。據說租住那所房子的幾個住戶都得了很重的傷寒症，很可能河水有問題。我父親不久就病倒了。他地道是那個時期的留學生，只信西醫，不信中醫。無錫只有一個西醫，是外國人。他每次來就抽一點血，拿一點大便，送往上海化驗，要一個星期才有結果。檢查了兩次查不出病因，病人幾星期發高燒，神志都昏迷了。我母親自作主張，請了一位有名的中醫來，一把脈就說「傷寒」。西醫又過了一星期才診斷是傷寒。父親已經發燒得只說昏話了。他開始說的昏話還是笑話。他看我母親提了玻璃溺壺出去，就說：「瞧瞧，她算做了女官了，提著一口印上任去了！」可是昏話漸漸變爲鬼話，說滿床都是鬼。家裏傭人私下說：「不好了，老爺當了城隍老爺了，成日成夜在判案子呢。」

我記得有一夜已經很晚了，家裏好像將出大事，大家都不睡，各屋都亮著燈，許多親友來來往往。我母親流著淚求那位名醫處方，他搖頭斷然拒絕。醫生不肯處方就是病人全沒指望了。我父親的老友華實甫先生也是有名的中醫，當晚也來看望。他答應我母親的要求「死馬當活馬醫」，開了一個藥方。那是最危急的一夜，我父親居然掙扎過來。我母親始終把華實甫先生看作救命恩人。西醫卻認爲我父親自己體力好，在「轉換期」（crisis）戰勝了病魔。不過無論中醫西醫，都歸功於我母親的護理。那年大除夕，我父親病骨支離，勉強能下床行走幾步。他一手扶杖，一手按著我的頭，慢慢兒走到家人團坐的飯桌邊。椅裏墊上一條厚被，父親象徵性地和我們同吃了年夜飯。

父親病情最危急的那一晚，前來探望的人都搖頭喟嘆說：「唉，要緊人呀！」「要緊人」

就是養家人，我們好大一家人全靠父親撫養。我叔叔在美國學統計，學成回國，和訂婚多年的嬸嬸結婚，在審計院工作。不久肺病去世，遺下妻女各一。我老家就添了我一位寡嬸和一個堂妹。我們小家庭裏，父母子女就有八口人。我常想，假如我父親竟一病不起，我如有親戚哀憐，照應我讀幾年書，也許可以做個小學教員。不然，我大概只好去做女工，無錫多得是工廠。

我父親滿以爲回南可以另找工作，沒想到生了那麼一場重病。當時的社會，病人哪有公費治療呢！連日常生活的薪水都沒個著落呀。我們父親病中，經常得到好友陳光甫先生和楊廷棟（翼之）先生的資助。他們並不住在無錫，可是常來看望。父親病中見了他們便高興談笑，他們去後往往病又加重。我雖是孩子，經常聽到父母談到他們，也覺得對他們感激。近代史所調查的問題之一是問到楊廷棟的後人是誰。慚愧得很，我雖然常常聽到楊翼之的名字，卻從未見過面，更不知他的後人——我實在很想見到他們，表達我們的感激。⑱

四

我父親病後就到上海申報館當「主筆」（這是我大姊的話，據日本人編的參考資料⑲，我父親是「上海申報社副編輯長」)。那時候,我已經和三姊跟隨大姊同在上海啓明女校讀書,寄宿在校。老家仍在無錫,我們那個小家一九二〇年秋搬到上海,租居兩上兩下一宅弄堂房子。暑假裏,有一天,我父親的老友接我們到他家去玩。那位朋友就是和我父親同窗的「穩健派」,後來參與了和日本人訂「二十一條」的章宗祥。我父母講到「二十一條」的時候,總把這位同窗稱爲「嘴巴」。據我猜想,大約認爲他不是主腦,只起了「嘴巴」的作用(我從沒問過,但想來猜得不錯)。我記得父親有一次和我講到這件事,憤憤地說:「他們喊喊喊喊,只瞞我一個!打量我都不知道嗎!」我想,「嘴巴」是不願聽我父親的勸阻或責備吧?我們家最初到北京,和他們家好像來往較多,以後就很疏遠了。我記得在上海只到他們家去過一次,以後只我二姑母帶著七妹妹去了一次,父母親沒再去過。

他們是用汽車來接我們一家的,父親母親帶了兩三個女兒同去。我還是個小土包子,沒坐過汽車。車穿過鬧市,開進一個幽靜的地區。街道兩旁綠樹成蔭,只聽得一聲聲悠長的「知了」、「知了」。進門就看見大片的綠草地,疏疏落落的大樹,中間一座洋房顯得矮而小;其實房子並不小,只因爲四周的園地很大,襯得房子很小。我看見他們家的女兒在樹蔭下的草坪上玩,覺得她們眞舒服。我父親平時從不帶孩子出去拜訪人,只偶爾例外帶我。我覺得有些人家儘管比我家講究得多,都不如這一家的氣派。那天回家後,大姊盛稱他們家的地毯多厚，沙發多軟。父親意味深長地慨嘆一聲說：「生活程度（現在所謂「生活水平」）不能太高的。」他只說了這麼一句。可是這句話我父親在不同的場合經常反覆說，儘管語氣不同，表情不同，我知道指的總是同一回事。父親藏有這位朋友的一張照片，每次看了總點頭喟嘆說：「絕頂聰明人……」，言下無限惋惜。到如今，我看到好些「聰明人」爲了追求生活的享受，或個人的利益，不惜出賣自己，也不顧國家的體面，就常想到我父親對這位老友的感慨和惋惜。

我父親病後身體漸漸復元，在申報館當副主編的同時，又重操律師舊業。他承認自己喜歡說偏激的話。他說，這個世界上（指當時社會）只有兩種職業可做，一是醫生，二是律師（其實是指「自由職業」）。他不能做醫生，只好當律師。他嫌上海社會太複雜，決計定居蘇州。我們家隨即又遷到蘇州。可是租賃的房子只能暫時安身，做律師也得有個事務所。我母親說，我家歷年付的房租，足以自己蓋一所房子了。可是我父親自從在北京買了一輛馬車，常半開玩笑半認眞地說，有了「財產」，「從此多事矣」。他反對置買家產。

可是有些事不由自主。我家急需房子，恰恰有一所破舊的大房子要出賣。那還是明朝房子，都快倒塌了。有一間很高大的廳也已經歪斜，當地人稱爲「一文廳」。據說魏忠賢黨人到蘇州搜捕東林黨人，民情激憤，引起動亂。魏黨奏稱說「蘇州五城（一說五萬人）造反」。「徐大老爺」將「五城」（一說五萬人）改爲「五人」。蘇州人感其恩德，募款爲他建一楠木大廳。一人一文錢，頃刻而就，故名「一文廳」。張謇爲我父親題的匾上，「安徐堂」三個大字之外，有幾行小字，說明房子是「明末宰相徐季鳴先生故居」⑳。據王佩諍《平江府誌》，魏黨毛一鷺曾爲魏忠賢造生祠於虎邱。魏失勢後，蘇州士紳在魏閹生祠原址立「五人墓碑」，張溥作〈五人墓碑記〉㉑。

我自從家裏遷居蘇州，就在當地的振華女中上學，寄宿在校，周末回家，見過那一大片住滿了人的破房子。全宅二三十家，有平房，也有樓房。有的人家住得較寬敞，房子也較好。最糟的是「一文廳」，又漏雨，又黑暗，全廳分隔成三排，每排有一個小小的過道和三間房，每間還有樓上樓下。總共就是十八間小房，眞是一個地道的貧民窟。挑擔的小販常說：「我們挑擔子的進了這個宅子，可以轉上好半天呢。」

我父親不精明，買下了這宅沒人要的破房子，修葺了一部分，拆掉許多小破房子，擴大了後園，添種了花樹，一面直說：「從此多事矣！」據他告訴我，買房子花掉了他的一筆人壽保險費，修建是靠他做律師的收入。因爲買房以後，祖母去世，大伯母一家基本上能自立，無錫老家的負擔已逐漸減輕。房子費了兩年左右才修建完畢。

我常掛念原先的二三十戶人家到了哪裏去。有個親戚偶來看我，說他最近去看了我們蘇州的房子（我們已獻給公家），現在裏面住了五十來戶。我大爲驚詫，因爲許多小破房子全都拆了，哪來那麼多房間呢？不過小房子既能拆掉，也能一間間再搭上。一條寬走廊就能隔成幾間房呢。許多小戶合成一個大宅，一個大宅又分成許多小戶，也是「分久必合，合久必分」的「天下大勢」。

我父親反對置買家產不僅是圖省事，他還有一套原則。對本人來說，經營家產耗費精力，甚至把自己降爲家產的奴隸；對子女來說，家產是個大害。他常說，某家少爺假如沒有家產，可以有所作爲，現成可「吃家當」，使他成了廢物，也使他不圖上進。所以我父親明明白白地說過：「我的子女沒有遺產，我只教育他們能夠自立。」我現在常想：靠了家產不圖上進的大少爺即使還有，也不多了，可是捧著鐵飯碗吃大鍋飯而不求上進的卻又那麼多；「吃家當」是不行了，可是吃國家的財產卻有多種方式。我父親知道了又將如何感慨。

我在中學的時候，聽父親講到同鄉一位姓陸的朋友有兩個在交通大學讀書的兒子，「那兩個孩子倒是有志氣的，逃出去做了共產黨。」㉒我弟弟在上海同濟讀書的時候，帶了一個同學到我家來。我聽弟弟轉述那人的議論，很像共產主義的進步思想。我父親說那孩子是「有志氣的」。但妙的是弟弟忽然私下對我說：「你覺得嗎，咱們爸爸很腐朽。」我斷定這是他那位朋友的話，因爲他稱我弟弟爲「安徐堂」的「少爺」。在他眼裏，我父親是一個大律師，住一宅寬廊大院的大宅子，當然是「腐朽的資產階級」。我沒有搬嘴，只覺得很滑稽，因爲「腐朽的爸爸」有一套言論，和共產主義的口號很相近，我常懷疑是否偶合。例如我父親主張該自食其力，不能不勞而食。表面上，這和「不勞動者不得食」不是很相近嗎？

我們搬入新居——只是房主自己住的一套較好的房子略加修葺，前前後後的破房子還沒拆盡，到處都是鼻涕蟲㉓和蜘蛛；陰濕的院子裏，只要扳起一塊磚，磚下密密麻麻的爬滿了鼻涕蟲。父親要孩子幹活兒，懸下賞格，鼻涕蟲一個銅板一個，小蜘蛛一個銅板三個，大蜘蛛三個銅板一個。這種「勞動教育」其實是美國式的鼓勵孩子賺錢，不是教育「勞動光榮」。我周末回家，發現弟弟妹妹連因病休學在家的三姊都在「賺錢」。小弟弟捉得最多，一百條鼻涕蟲硬要一塊錢（那時的一元銀幣值二百七十至二百九十銅板）。我聽見母親對父親說：「不好了，你把『老小』教育得唯利是圖了。」可是物質刺激很有效，不多久，弟弟妹妹把鼻涕蟲和蜘蛛都捉盡。母親對「唯利是圖」的孩子也有辦法。錢都存在她手裏，十幾元也罷，幾十元也罷，過些時候，存戶忘了討賬，「銀行」也忘了付款，糊塗賬漸漸化爲烏有，就像我們歷年的壓歲錢一樣。因爲我們不必有私產，需錢的時候可以問母親要。

假如我們對某一件東西非常豔羨，父親常常也只說一句話：「世界上的好東西多著呢……」意思是：得你自己去爭取。也許這又是一項「勞動教育」，可是我覺得更像鼓吹「個人奮鬥」。我私下的反應是，「天下的好東西多著呢，你能樣樣都有嗎？」

我父親又喜歡自稱「窮人」。他經常來往的幾個朋友一是「老人」，一是「苦人」（因爲他開口就有說不盡的苦事），一是「忙人」（因爲他社會活動較多），一是父親自稱的「窮人」。我從父母的談話裏聽來，總覺得「窮人」是對當時社會的一種反抗性的自詡，彷彿是說，「我是窮人，可是不羡慕你們富人。」所謂「窮」，無非指不置家產，「自食其力」。不過我父親似乎沒有計較到當時社會上，「自食其力」是沒有保障的，不僅病不得，老不得，也沒有自由支配自己的時間，幹自己喜愛或專長的事。

我父親不愛做律師。他當初學法律，並不是爲了做律師。律師的「光榮任務」是保衛孤弱者的權益，可是父親只說是「幫人吵架」。民事訴訟十之八九是爲爭奪財產；便是婚姻問題，底子裏十之八九還是爲了財產。我父親有時忘了自己是律師而當起法官來，有時忘了自己是律師而成了當事人。

一次有老友介紹來一個三十來歲的人，要求我父親設法對付他異母庶出的小妹妹，不讓她承襲遺產，那妹妹還在中學讀書。我記得父親怒沖沖告訴母親說，「那麼個又高又大的大男人，有臉說出這種話來！」要幫著欺負那個小妹妹也容易，或者可以拒不受理這種案件。可是我父親硬把那人訓了一頓，指出他不能勝訴（其實不是「不能」而是「不該」），結果父親主持了他們分家。

有時候我父親爲當事人氣憤不平，自己成了當事人，躺在床上還擻不開。他每一張狀子都自己動筆，悉心策畫，受理的案件一般都能勝訴。如果自己這一方有弱點，就和對方律師勸雙方和解。父親常說：「女太太」最奇怪，打贏了官司或者和解得稱心，就好像全是辯護律師的恩惠。父親認爲那不過是按理應得的解決罷了。有許多委任他做辯護律師的當事人，事後就像我家的親戚朋友一樣，經常來往。有兩個年輕太太曾一片至誠對我母親叩頭表示感謝；多年後對我們姊妹還像姊妹一樣。

有些事不論報酬多高，我父親絕不受理。我記得那時候有個駐某國領事高瑛私販煙土出國的大案件，那領事的親信再三上門，父親推說不受理刑事案。其實那是誑話。我祖母的丫頭嫁一農民，她兒子酒後自稱革命組織的「總指揮」，法院咬定他是共產黨，父親出盡力還是判了一年徒刑。我記得一次大熱天父親爲這事出庭回家，長衫汗濕了半截，裏面的夏布短褂子汗濕得滴出水來。父親已經開始患高血壓症，我接過那件沉甸甸的濕衣，心上也同樣的沉重。他有時到上海出庭，一次回來說，又攬了一件刑事案。某銀行保險庫失竊。父親說，明明是經理監守自盜，卻冤枉兩個管庫的老師傅。那兩人嘆氣說，我們哪有錢請大律師呢。父親自告奮勇爲他們義務辯護。我聽偵探小說似的聽他向我母親分析案情，覺得眞是一篇小

說的材料。可惜我到清華上學了，不知事情是怎樣了局的。㉔

那時蘇州的法院賄賂公行。有的律師公然索取「運動費」（就是代當事人納賄的錢）。「兩支雪茄」就是二百元。「一記耳光」就是五百元。如果當事人沒錢，可以等打贏了官司大家分肥，這叫作「樹上開花」。有個「詩酒糊塗」的法官開庭帶著一把小茶壺，壺裏是酒。父親的好友「忙人」也是律師，我記得他們經過仔細商量，合寫了一個呈文給當時的司法總長（父親從前的同學或朋友）。過些時，地方法院調來一個新院長。有人說，這人在美國坐過牢。父親說：坐牢的也許是政治犯——愛國志士。可是經調查證實，那人是僞造支票而犯罪的。我記得父親長嘆一聲，沒話可說。在貪污腐敗的勢力前面，我父親始終是個失敗者。

他有時候伏案不是爲當事人寫狀子。我偶爾聽到父親告訴母親說：「我今天放了一個『屁』。」或「一個大臭屁」或「惡毒毒的大臭屁」。過一二天，母親就用大剪子從《申報》或《時報》上剪下這個「屁」。我只看見一個「評」字，上面或許還有一個「時」字吧？父親很明顯地不喜歡我們看，所以我從沒敢偷讀過。母親把剪下的紙黏連成長條，捲成一大卷，放在父親案頭的紅木大筆筒裏。日寇佔領蘇州以後，我們回家，案上的大筆筒都沒有了。那些「評」或許有「老圃」的簽名，可是我還無緣到舊報紙上去查看。㉕

五

我父親凝重有威，我們孩子都怕他，儘管他從不打罵。如果我們不乖，父親只會叫急，喊母親把淘氣的孩子提溜出去訓斥。鍾書初見我父親也有點怕，後來他對我說，「爸爸是『望之儼然，接之也溫』。」我們怕雖怕，卻和父親很親近。他喜歡飯後孩子圍繞著一起吃點甜食，常要母親買點好吃的東西「放放焰口」。我十一歲的暑假，在上海，看見路上牽著草繩，繩上掛滿了紙做的小衣小褲，聽人家說「今天是盂蘭盆會，放焰口」。我大驚小怪，回家告訴父母，惹得他們都笑了。可是「放焰口」還是我家常用的辭兒，不論吃的、用的、玩的，都可以要求「爸爸，放焰口！」

我家孩子多，母親好像從沒有空閒的時候。我們唱的兒歌都是母親教的，可是她很少時間陪我們玩。我記得自己四五歲的時候，有一次在小木碗裏剝了一堆瓜子仁，拉住母親求她「眞的吃」——因爲往常她只做個姿勢假吃。那一次她眞吃了，我到今忘不了當時的驚喜和得意，料想她是看了我那一臉的快活而爲我吃盡的。我六歲的冬天，有一次晚飯後，外面忽然颳起大風來。母親說：「啊呀，阿季的新棉褲還沒拿出來。」她叫人點上個洋燈，穿過後院到箱子間去開箱子。我在溫暖的屋裏，背燈站著，幾乎要哭，卻不懂自己爲什麼要哭。這也是我忘不了的「別是一般滋味」。

我父親有個偏見，認爲女孩子身體嬌弱，不宜用功。據說和他同在美國留學的女學生個個短壽，都是用功過度，傷了身體。他常對我說，他班上某某每門功課一百分，「他是個低能！」。反正我很少一百分，不怕父親嘲笑。我在高中還不會辨平仄聲。父親說，不要緊，到時候自然會懂。有一天我果然四聲都能分辨了，父親晚上常踱過廊前，敲窗考我某字什麼聲。我考對了他高興而笑，考倒了他也高興而笑。父親的教育理論是孔子的「大叩則大鳴，小叩則小鳴」。我對什麼書表示興趣，父親就把那部書放在我書桌上，有時他得爬梯到書櫥高處去拿；假如我長期不讀，那部書就不見了——這就等於譴責。父親爲我買的書多半是詩詞小說，都是我喜愛的。

對有些事父親卻嚴厲得很。我十六歲，正念高中。那時北伐已經勝利，學生運動很多，常要遊行、開羣眾大會等。一次學生會要各校學生上街宣傳——掇一條板凳，站上向街上行人演講。我也被推選去宣傳。可是我十六歲看來只像十四歲，一著急就脹紅了臉。當時蘇州風氣閉塞，街上的輕薄人很會欺負女孩子。如果我站上板凳，他們準會看猴兒似的攏上來看，甚至還會要猴兒。我料想不會有人好好兒聽。學校裏有些古板人家的「小姊」，只要說

「家裏不贊成」，就能豁免一切開會、遊行、當代表等等。我周末回家就向父親求救，問能不能也說「家裏不贊成」。父親一口拒絕。他說，「你不肯，就別去，不用藉爸爸來擋。」我說，「不行啊，少數得服從多數呀。」父親說：「該服從的就服從；你有理，也可以說。去不去在你。」可是我的理實在難說，我能說自己的臉皮比別人薄嗎？

父親特向我講了一個他自己的笑話。他當江蘇省高等審判廳長的時候，張勳不知打敗了哪位軍閥勝利入京。江蘇士紳聯名登報擁戴歡迎。父親在歡迎者名單裏忽然發現了自己的名字。那是他屬下某某擅自幹的，以為名字既已見報，我父親不願意也只好罷了。可是我父親怎麼也不肯歡迎那位「辮帥」，他說「名與器不可以假人」，立即在報上登了一條大字的啓事，聲明自己沒有歡迎。他對我講的時候自己失笑，因為深知這番聲明太不通世故了。他學著一位朋友的話說：「唉，補塘，聲明也可以不必了。」但是父親說：「你知道林肯說的一句話嗎？Dare to say no! 你敢嗎？」

我苦著臉說「敢！」敢，可惜不是為了什麼偉大的目標。而只是一個愛面子的女孩子不肯上街出醜罷了。所以我到校實在說不出一個充分的理由，只堅持「我不贊成，我不去」。這當然成了「豈有此理」。同學向校長告狀，校長傳我去狠狠訓斥了一頓。我還是不肯，沒去宣傳。被推選的其他三人比我年長些，也老練些。她們才宣傳了半天，就有個自稱團長的國民黨軍官大加欣賞，接她們第二天到留園去宣傳，實際上是請她們去遊園吃飯。校長事後知道了大吃一驚，不許她們再出去宣傳。我的「豈有此理」也就變為「很有道理」。

我父親愛讀詩，最愛杜甫詩。他過一時會對我說「我又從頭到底讀了一遍」。可是他不作詩。我記得他有一次悄悄對我說：「你知道嗎？誰都作詩！連××（我們父女認為絕不能作詩的某親戚）都在作詩呢！」父親鑽研的是音韻學，把各時代的韻書一字字推敲。我常取笑說：「爸爸讀一個字兒、一個字兒的書。」抗戰時期，我和鍾書有時住在父親那邊。父親忽發現鍾書讀字典，大樂，對我說：「哼哼，阿季，還有個人也在讀一個字、一個字的書呢！」其實鍾書讀的不是一個個的字，而是一串串的字，但父親得意，我就沒有分辯。

有時候父親教我什麼「合口呼」「撮口呼」，我不感興趣，父親說我「喜歡詞章之學」，從不強我學他的一套。每晚臨睡，他朗聲讀詩，我常站在他身邊，看著他的書旁聽。

自從我家遷居蘇州，我就在蘇州上學，多半時候住校，中間也有一二年走讀。我記憶裏或心理上，好像經常在父母身邊；一回家就像小狗跟主人似的跟著父親或母親。我母親管著全家裏裏外外的雜事，傭人經常從前院到後園找「太太」，她總有什麼事在某處絆住了腳。她難得有閒，靜靜地坐在屋裏，做一會兒針線，然後從擱針線活兒的籐匾裏拿出一卷《綴白裘》邊看邊笑，消遣一會。她的臥房和父親的臥房相連；兩只大床中間隔著一個永遠不關的小門。她床頭有父親特爲她買的大字鈔本八十回《石頭記》，床角還放著一只檯燈。她每晚臨睡愛看看《石頭記》或《聊齋》等小說，她也看過好些新小說。一次她看了幾頁綠漪女士的《綠天》，說「這個人也學著蘇梅的調兒。」我說「她就是蘇梅呀」，很佩服母親怎能從許多女作家裏辨別「蘇梅的調兒」。

我跟著父親的時候居多。他除非有客，或出庭辯護，一上午總伏案寫稿子，書案上常放著一疊裁得整整齊齊的竹簾紙充稿紙用，我常撿他寫禿的長鋒羊毫去練字。每晨早飯後，我給父親泡一碗釅釅的蓋碗茶。父親飯後吃水果，我專司剝皮；吃風乾栗子、山核桃等乾果，我專司剝殼。中午飯後，「放焰口」完畢，我們「小鬼」往往一哄而散，讓父親歇午。一次父親叫住我說：「其實我喜歡有人陪陪，只是別出聲。」我常陪在旁邊看書。冬天只我父親屋裏生個火爐，我們大家用煨炭結子的手爐和腳爐。火爐裏過一時就需添煤，我到時輕輕夾上一塊。姊姊和弟弟妹妹常佩服我能加煤不出聲。

有一次寒假裏，父親歇午，我們在火爐裏偷烤一大塊年糕。不小心，火夾子掉在爐盤裏，年糕掉在火爐裏，乒乒乓乓鬧得好響。我們闖了禍不顧後果，一溜煙都跑了。過些時偷偷回來張望，父親沒事人似的坐著工作。我們滿處找那塊年糕不見，卻不敢問。因爲剛剛飯後，遠不到吃點心的時候呢。父親在忍笑，卻虎著臉。年糕原來給扔在字紙簍裏了。母親知道了準會怪我們鬧了爸爸，可是父親並沒有戳穿我們幹的壞事。他有時還幫我們淘氣呢。記得有一次也是大冬天，金魚缸裏的水幾乎連底凍了。一隻隻半埋在泥裏的金魚缸旁邊都堆積著鑿下的冰塊。我們就想做冰淇淋，和父親商量——因爲母親肯定不贊成大冬天做冰淇淋。父親說，你們自己會做，就做去。我家有一只舊式的做冰淇淋的桶，我常插一手幫著做，所以也會，只是沒有材料。我們胡亂偷些東西做了半桶，在「旱船」（後園的廳）南廊的太陽裏搖了半天。木桶裏的冰塊總也不化，鐵桶裏的冰淇淋總也不凝，白賠了許多鹽。我們只好向父親求主意。父親說有三個辦法：一是冰上淋一勺開水；二是到廚房的灶倉裏去做，那就瞞不過母親了；三是到父親房間裏的火爐邊搖去。我們採用了第三個辦法，居然做成。只是用的材料太差，味道不好。父親助興嘗了一點點，母親事後知道也就沒說什麼。

一次，我們聽父親講叫化子偷了雞怎麼做「叫化雞」，我和弟弟妹妹就偷了一個雞蛋，又在凍冰的鹹菜缸裏偷些菜葉裹上，塗了泥做成一個「叫化蛋」。這個泥蛋我們不敢在火爐子裏烤，又不敢在廚房大灶的火灰裏烤，只好在後園冒著冷風，撿些枯枝生個火，把蛋放在火裏燒。我們給煙熏出來的眼淚險些凍冰。「叫化蛋」倒是大成功，有醃菜香。可惜一個蛋四人分吃，一口兩口就吃光了，吃完才後悔沒讓父母親分嘗。

我父親晚年常失眠。我們夏天爲他把帳子裏的蚊子捉盡。從前有一種捕蚊燈，只要一湊上，蚊子就吸進去燒死了。那時我最小的妹妹楊必㉖已有八九歲，她和我七妹兩個是捉蚊子的先鋒，我是末後把關的。珠羅紗的蚊帳看不清蚊子在裏在外，尤其那種半透明的瘦蚊子。我得目光四掃，把帳子的五面和空中都巡看好幾遍，保證帳子裏沒一隻蚊子。

家裏孩子逐漸長大，就不覺熱鬧而漸趨冷清。我大姊㉗在上海啓明教書，她是校長嬤嬤（修女）寵愛的高足，一直留校教法文等課。我三姊最美而身體最弱，結婚較早，在上海居住。我和兩個弟弟和七妹挨次只差一歲半，最小的八妹小我十一歲。他們好像都比我小得多。我已經不貪玩而貪看書了。父親一次問我：「阿季，三天不讓你看書，你怎麼樣？」我說，「不好過。」「一星期不讓你看書呢？」我說，「一星期都白活了。」父親笑說：「我也這樣。」我覺得自己升做父親的朋友了。暑假裏，乘涼的時候，門房每天給我送進幾封信來。父親一次說：「我年輕的時候也有很多朋友」；他長吟「故人笑比中庭樹，一日秋風一日疏」。我忽然發現我的父親老了，雖然常有朋友來往，我覺得他很疲勞，也很寂寞。父親五十歲以後，一次對我說：「阿季，你說一個人有退休的時候嗎？——我現在想通了，要退就退，不必等哪年哪月。」我知道父親自覺體力漸漸不支，他的血壓在升高，降壓靈之類的藥當時只是神話。父親又不信中藥，血壓高了就無法叫它下降。他所謂「退休」，無非減少些工作，加添些娛樂，每日黃昏，和朋友出去買點舊書、古董或小玩意兒。他每次買了好版子的舊書，自己把蜷曲或破殘的書角補好，叫我用預的白絲線雙線重訂。他愛整齊，雙線只許平行，不許交叉，結子也不准外露。父親的小玩意兒膩了就收在一只紅木筆匣裏。我常去翻弄。我說：「爸爸，這又打入『冷宮』了？給我吧。」我得的玩意兒最多。小弟弟有點羨慕，就建議「放焰口」，大家就各有所得。

父親曾花一筆錢買一整套古錢，每一種都有配就的墊子和紅木或楠木盒子。一次父親病了，覺得天旋地轉，不能起床，就叫我把古錢一盒盒搬到床上玩弄，一面教我名稱。我卻愛用自己的外行名字如「鏟刀錢」「褲子錢」之類。我心不在焉，只想怎樣能替掉些父親的心力。

我考大學的時候，清華大學剛收女生，但是不到南方來招生。我就近考入東吳大學。上了一年，大學得分科，老師們認爲我有條件讀理科。因爲我有點像我父親嘲笑的「低能」，雖然不是每門功課一百分，卻都平均發展，並無特長。我在融洽而優裕的環境裏生長，全不知世事。可是我很嚴肅認眞地考慮自己「該」學什麼。所謂「該」，指最有益於人，而我自己就不是白活了一輩子。我知道這個「該」是很誇大的，所以羞於解釋。父親說，沒什麼該不該，最喜歡什麼，就學什麼。我卻不放心。只問自己的喜愛，對嗎？我喜歡文學，就學文學？愛讀小說，就學小說？父親說，喜歡的就是性之所近，就是自己最相宜的。我半信不信，只怕父親是縱容我。可是我終究不顧老師的惋惜和勸導，文理科之間選了文科。我上的那個大學沒有文學系，較好的是法預科和政治系。我選讀法預，打算做我父親的幫手，藉此接觸到社會上各式各樣的人，積累了經驗，可以寫小說。我父親雖說隨我自己選擇，卻竭力反對我學法律。他自己不愛律師這個職業，堅決不要我做幫手，況且我能幫他幹什麼呢？我想父親準看透我不配——也不能當女律師（在當時的社會上，女律師還是一件稀罕物兒）。我就改入政治系。我對政治學毫無興趣，功課敷衍過去，課餘只在圖書館胡亂看書，漸漸了解：最喜愛的學科並不就是最容易的。我在中學背熟的古文「天下一致而百慮，同歸而殊途」還深印在腦裏。我既不能當醫生治病救人，又不配當政治家治國安民，我只能就自己性情所近的途徑，盡我的一份力。如今我看到自己幼而無知，老而無成，當年卻也曾那麼嚴肅認眞地要求自己，不禁愧汗自笑。不過這也足以證明：一個人沒有經驗，沒有學問，沒有天才，也會有要好向上的心——儘管有志無成。

那時候的社會風尙，把留學看得很重，好比「寶塔結頂」，不出國留學就是功虧一簣——這種風尙好像現在又恢復了。父親有時跟我講，某某親友自費送孩子出國，全力以赴，供不應求，好比孩子給強徒擄去做了人質，由人勒索，因爲做父母的總捨不得孩子在國外窮困。父親常說，只有咱們中國的文明，才有「清貧」之稱。外國人不懂什麼「清貧」，窮人就是下等人，就是壞人。要賺外國人的錢，得受盡他們的欺侮。我暗想這又是父親的偏見，難道只許有錢人出國，父親自己不就是窮學生嗎？也許是他自己的經驗或親眼目睹的情況吧。孩子留學等於做人質的說法，只道出父母竭力供應的苦心罷了。我在大學三年的時候，我母校振華女中的校長爲我請得美國韋爾斯利女子大學的獎學金。據章程，自備路費之外，每年還需二倍於學費的錢，作假期間的費用和日常的零用。但是那位校長告訴我，用不了那麼多。我父母說，我如果願意，可以去。可是我有兩個原因不願去。一是記起「做人質」的話，不忍添我父親的負擔。二是我對留學自有一套看法。我系裏的老師個個都是留學生，而且都有學位。我不覺得一個洋學位有什麼了不起。我想，如果到美國去讀政治學（我得繼續本大學的課程），寧可在本國較好的大學裏攻讀文學。我告訴父母親我不想出國讀政治，只想考清華研究院攻讀文學。後來我考上了，父母親都很高興。母親常取笑說：「阿季腳上拴著月下老人的紅絲呢，所以心心念念只想考清華。」

可是我離家一學期，就想家得厲害，每個寒假暑假都回家。第一個暑假回去，高興熱鬧之後，清靜下來，父親和我對坐的時候說：「阿季，爸爸新近鬧個笑話。」我一聽口氣，不像笑話。原來父親一次出庭忽然說不出話了。全院靜靜地等著等著，他只是開不出口，只好延期開庭。這不是小小的中風嗎？我只覺口角抽搐，像小娃娃將哭未哭的模樣，忙用兩手捂住臉，也說不出話，只怕一出聲會掉下淚來。我只自幸放棄了美國的獎學金，沒有出國。

父親回身搬了許多大字典給我看。印地文的，緬甸文的，印尼文的，父親大約是要把鄰近民族的文字和我國文字——尤其是少數民族的文字相比較。他說他都能識字了。我說學這些天書頂費腦筋。父親說一點不費心。其實自己覺得不費心，費了心自己也不知道。母親就那麼說。

我父親忙的時候，狀子多，書記來不及抄，就叫我抄。我得工楷錄寫，而且不許抄錯一個字。我的墨筆字非常惡劣，心上愈緊張，錯字愈多，只好想出種種方法來彌補。我不能方方正正貼補一塊，只好把紙摘去不整不齊的一星星，背後再貼上不整不齊的一小塊，看來好像是狀紙的毛病。這當然逃不過我父親的眼睛，而我的錯字往往逃過我自己的眼睛。父親看了我抄的狀子就要冒火發怒，我就急得流淚——這也是先發制人，父親就不好再責怪我。有一次我索性撒賴不肯抄了。我說：「爸爸要『火冒』（無錫話『發怒』）的。」父親說，「誰叫你抄錯？」我說沒法兒不錯。父親教我交了卷就躲到後園去。我往往在後園躲了好一會回屋，看看父親臉上還餘怒未消。但是他見了我那副做賊心虛的樣兒，忍不住就笑了。我才放了心又哭又笑。

父親那次出庭不能開口之後，就結束了他的律師事務。他說還有一個案件未了，叫我代筆寫個狀子。他口述了大意，我就寫成稿子。父親的火氣已經消盡。我準備他「火冒」，他卻一句話沒說，只動筆改了幾個字，就交給書記抄寫。這是我唯一一次做了父親的幫手。

我父親當律師，連自己的權益也不會保障。據他告訴我，該得的公費，三分之一是賴掉了。父親說，也好，那種人將來打官司的事還多著呢，一次賴了我的，下次就不敢上門了。我覺得這是「酸葡萄」論，而且父親也太低估了「那種人」的老面皮。我有個小學同班，經我大姊介紹，委任我父親幫她上訴爭遺產。她贏了官司，得到一千多畝良田，立即從一個窮學生變爲闊小姊，可是她沒出一文錢的公費。二十年後，抗戰期間，我又碰見她。她通過我又請教我父親一個法律問題。我父親以君子之心度人，以爲她從前年紀小，不懂事，以後覺得慚愧，所以藉端又來請教，也許這番該送些謝儀了。她果然送了。她把我拉到她家，請我吃一碗五個湯糰。我不愛吃，她殷勤相勸，硬逼我吃下兩個。那就是她送我父親的酬勞。

我常奇怪，爲什麼有人得了我父親的幫助，感激得向我母親叩頭，終身不忘。爲什麼有人由我父親的幫助得了一千多畝好田，二十年後居然沒忘記她所得的便宜，不顧我父親老病窮困，還來剝削他的腦力，然後用兩個湯糰來表達她的謝意。爲什麼人與人之間的差異竟這麼大？

我們無錫人稱「馬大哈」爲「哈鼓鼓」，稱「化整爲零」式的花錢爲「摘狗肝」。我父親笑說自己「哈鼓鼓」（如修建那宅大而無當的住宅，又如讓人賴掉公費等），又愛「摘狗肝」（如買古錢、古玩、善本書之類）；假如他精明些，貪狠些，至少能減少三分之二的消耗，增添三分之一的收入。但是他只作總結，並無悔改之意。他只管偷工夫鑽研自己喜愛的學問。

我家的人口已大爲減少。一九三〇年，我的大弟十七歲，肺病轉腦膜炎去世。我家有兩位脾氣怪癖的姑太太——我的二姑母和三姑母，她們先後搬入自己的住宅。小弟弟在上海同濟上學。我在清華大學研究院肄業。一九三五年鍾書考取英庚款赴英國留學，我不等畢業，打算結了婚一同出國㉘，那年我只有一門功課需大考，和老師商量後也用論文代替，我就提早一個月回家。

我不及寫信通知家裏，立即收拾行李動身。我帶回的箱子鋪蓋都得結票，火車到蘇州略過午時，但還要等貨車卸下行李，領取後才僱車回去，到家已是三點左右。我把行李撇在門口，如飛的衝入父親屋裏。父親像在等待。他「哦！」了一聲，一掀帳子下床說「可不是來了！」他說，午睡剛闔眼，忽覺得我回家了，聽聽卻沒有聲息，以爲在母親房裏呢，跑去一看，闃無一人，想是怕攪擾他午睡，躲到母親做活兒的房間裏去了，跑到那裏，只見我母親一人在做活。父親說，「阿季呢？」母親說，「哪來阿季？」父親說，「她不是回來了嗎？」

母親說：「這會子怎會回來。」父親又回去午睡，左睡右睡睡不著。父親得意說，「眞有心血來潮這回事。」我笑說，一下火車，心已經飛回家來了。父親說：「曾母嚙指，曾子心痛，我現在相信了。」父親說那是第六覺，有科學根據。

我出國前乘火車從無錫出發，經過蘇州，火車停在月台旁，我忽然淚下不能抑制，父親又該說是第六覺了吧？——感覺到父母正在想我，而我不能跳下火車，跑回家去再見他們一面。有個迷信的說法：那是預兆，因爲我從此沒能再見到母親。

六

有一次，我旁觀父母親說笑著互相推讓。他們的話不知是怎麼引起的，我只聽見母親說：「我死在你頭裏。」父親說：「我死在你頭裏。」我母親後來想了一想，當仁不讓說：「還是讓你死在我頭裏吧，我先死了，你怎麼辦呢。」當時他們好像兩人說定就可以算數的；我在一旁聽著也漠然無動，好像那還是很遙遠的事。

日寇第一次空襲蘇州，一架日機只顧在我們的大廳上空盤旋，大概因爲比一般民房高大，懷疑是什麼機構的建築。那時候法幣不斷跌價，父母親就把銀行存款結成外匯，應弟弟的要求，打發他出國學醫。七妹在國專上學，也學國畫，她剛在上海結婚。家裏只有父母親和大姊姊小妹妹。她們扶著母親從前院躲到後園，從後園又躲回前院。小妹妹後來告訴我說，「眞奇怪，害怕了會瀉肚子。」她們都瀉肚子，什麼也吃不下。第二天，我父母親帶著大姊姊小妹妹和兩個姑母，逃避到香山一個曾委任我父親爲辯護律師的當事人家裏去。深秋天，我母親得了「惡性瘧疾」——不同一般瘧疾，高燒不退。蘇州失陷後，香山那一帶準備抗戰，我父母借住的房子前面挖了戰壕，那宅房子正在炮火線裏。鄰近人家已逃避一空。母親病危；奄奄一息，父親和大姊打算守著病人同歸於盡。小妹妹才十五歲，父親叫她跟著兩個姑母逃難。可是小妹妹怎麼也不肯離開，所以她也留下了。香山失陷的前夕，我母親去世。父親事先用幾擔白米換得一具棺材，第二天，父女三個把母親入殮，找人在濛濛陰雨中把棺材送到借來的墳地上。那邊我國軍隊正在撤退，母親的棺材在兵隊中穿過。當天想盡方法，請人在棺材外邊砌一座小屋，厝在墳地上。據大姊講，我父親在荒野裏失聲慟哭，又在棺木上、瓦上、磚上、周圍的樹木上、地上的磚頭石塊上——凡是可以寫字的地方寫滿自己的名字。這就算連天兵火中留下的一線聯繫，免得拋下了母親找不回來。然後，他不得不捨下四十年患難與共的老伴兒，帶了兩個女兒到別處逃生。

他們東逃西逃，有的地方是強盜土匪的世界，有的已被敵軍佔領，無處安身，只好冒險又逃回蘇州。蘇州已是一座死城，街上還有死屍。家裏卻燈火通明，很熱鬧。我大姊姊說，看房子的兩人（我大弟的奶媽家人）正夥同他們的鄉親「各取所需」呢。主人回來，出於意外，想必不受歡迎。那時家裏有存米，可吃白飯。看房子的兩人有時白天出去，伺敵軍搶劫後，拾些劫餘。一次某醬園被劫，他們就提回一桶醬菜，一家人下飯吃。日本兵每日黃昏吹號歸隊以後，就挨戶找「花姑娘」。姊姊和妹妹在鄉下的時候已經剃了光頭，改成男裝。家裏還有一個跟著逃難的女傭。每天往往是吃晚飯的時候，日本兵就接二連三的來打門。父親會日語，單獨到門口應付。姊姊和妹妹就躲入柴堆，連飯碗筷子一起藏起來。那女傭也一起躲藏。她愈害怕呼吸愈重，聲如打鼾。大姊說，假如敵人進屋，準把她們從柴堆裏拉出來。那時蘇州成立了維持會，原爲我父親抄寫狀子的一個書記在裏面謀得了小小的差使。父親由他設法，傳遞了一個消息給上海的三姊。三姊和姊夫由一位企業界知名人士的幫助，把父親和大姊姊小妹妹接到上海。三人由蘇州逃出，只有隨身的破衣服和一個小小的手巾包。

一九三八年十月，我回國到上海，父親的長鬚已經剃去，大姊姊小妹妹也已經回復舊時的裝束。我回國後父親開始戒掉安眠藥，神色漸漸清朗，不久便在震旦女子文理學院教一門《詩經》，聊當消遣。不過他掛心的是母親的棺材還未安葬。他拿定厝棺的地方只他一人記得，別人誰也找不到。那時候鄉間很不安寧，有一種盜匪專擄人勒贖，稱爲「接財神」。父親買得靈岩山「繡谷公墓」的一塊墓地，便到香山去找我母親的棺材。有一位曾對我母親磕頭的當事人特到上海來接我父親到蘇州，然後由她家人陪我父親擠上公共汽車下鄉。父親摘掉眼鏡，穿上一件破棉袍，戴上一頂破氈帽。事後聽陪去的人笑說，化裝得一點不像，一望而知是知識分子，而且像個大知識分子。父親完成了任務，平安回來。母親的棺材已送到公墓的禮堂去上漆了。

一九三九年秋，我弟弟回國。父親帶了我們姊妹和弟弟同回蘇州。我二姑母買的住宅貼近我家後園，有小門可通。我們到蘇州，因火車誤點，天已經很晚。我們免得二姑母為我們備晚飯，路過一家菜館，想進去吃點東西，可是已過營業時間。店家卻認識我們，說我家以前請客辦酒席都是他們店裏承應的，殷勤招待我們上樓。我們雖然是老主顧，卻從未親身上過那家館子。我們胡亂各吃一碗麵條，不勝今昔之感。

我們在二姑母家過了一宵，天微亮，就由她家小門到我家後園。後園已經完全改了樣。鍾書那時在昆明。他在昆明曾寄我〈昆明舍館〉七絕四首。第三首「若愛君家好巷坊，無多歲月已滄桑，綠槐恰在朱欄外，想發濃蔭覆舊房。」他當時還沒見到我們劫後的家。

我家房子剛修建完畢，母親應我的要求，在大杏樹下豎起一個很高的秋千架，懸著兩個秋千。旁邊還有個蕩木架。可是蕩木用的木材太頇，下圓上平，鐵箍鐵鏈又太笨重，只可充小孩的蕩船用。我常常坐在蕩木上看書，或躺在蕩木上，仰看「天澹雲閒」。春天，閉上眼只聽見四周蜜蜂嗡嗡，睜眼能看到花草間蝴蝶亂飛。杏子熟了，接下等著吃櫻桃、枇杷、桃子、石榴等。橙子黃了，橘子正綠。鍾書吃過我母親做的橙皮果醬，我還叫他等著吃熟透的脫核杏兒，等著吃樹上現摘的桃兒。可是想不到父親添種的二十棵桃樹全都沒了。因為那片地曾選作鄰近人家共用的防空洞，平了地卻未及挖坑。秋千、蕩木連架子已都不知去向。玉蘭、紫薇、海棠等花樹多年未經修剪，都變得不成模樣。籬邊的玫瑰、薔薇都乾死了。紫藤架也歪斜了，山石旁邊的芭蕉也不見了。記得有一年，三棵大芭蕉各開一朵「甘露花」。據說吃了「甘露」可以長壽。我們幾個孩子每天清早爬上「香梯」（有架子能獨立的梯）去摘那一葉含有「甘露」的花瓣、「獻」給母親進補——因為母親肯「應酬」我們，父親卻不屑吃那一滴甜汁。我家原有許多好品種的金魚，幸虧已及早送人了。乾涸的金魚缸裏都是落葉和塵土。我父親得意的一叢方竹已經枯瘁，一部分已變成圓竹。反正綠樹已失卻綠意，朱欄也無復朱顏。「旱船」廊下的琴桌和細瓷鼓凳一無遺留，裏面的擺設也全都沒有了。我們從荒蕪的後園穿過月洞門，穿過梧桐樹大院，轉入內室。每間屋裏，滿地都是凌亂的衣物，深可沒膝。所有的抽屜都抽出原位，顛橫倒豎，半埋在什物下。我把母親房裏的抽屜一一歸納原處，地下還撿出許多零星東西：小銀匙、小寶石、小象牙梳子之類。母親整理的一小網籃古瓷器，因爲放在舊網籃裏，居然平平安安躲在母親床下。堆箱子的樓上，一大箱古錢居然也平平安安躲在箱子堆裏，因爲箱子是舊的，也沒上鎖，打開只看見一只只半舊的木盒。凡是上鎖的箱子都由背後劃開，裏面全是空的。我們各處看了一遍，大件的家具還在，陳設一無留存。書房裏的善本書丟了一部分，普通書多半還在。天黑之後，全宅漆黑，據說電線年久失修，供電局已切斷電源。

父親看了這個劫後的家，舒了一口氣說，幸虧母親不在了，她只怕還想不開，看到這個破敗的家不免傷心呢。我們在公墓的禮堂上，看到的只是漆得烏光鋥亮的棺材。我們姊妹只能隔著棺木撫摸，各用小手絹把棺上每一點灰塵都拂拭乾淨。想不到棺材放入水泥壙，倒下一筐筐的石灰，棺材全埋在石灰裏，隨後就用水泥封上。父親對我說，水泥最好，因爲打破了沒有用處：別看石板結實，如逢亂世，會給人撬走。這句話，父親大概沒和別人講。勝利前夕我父親突然在蘇州中風去世，我們夫婦、我弟弟和小妹妹事後才從上海趕回蘇州，葬事都是我大妹夫經管的。父親的棺材放入母親墓旁同樣的水泥壙裏，而上面蓋的卻是兩塊大石板。臨時絕不能改用水泥。我沒說什麼，只深深內疚，沒有及早把父親的話告訴別人。我也一再想到父母的戲言：「我死在你頭裏」；父親周密地安葬了我母親，我們兒女卻是漫不經心。多謝紅衛兵已經把墓碑都砸了。但願我的父母隱在靈岩山谷裏早日化土，從此和山岩樹木一起，安靜地隨著地球運轉。

七

自從我回國，父親就租下兩間房，和大姊姊小妹妹同住。我有時住錢家，有時住父親那邊。鍾書探親回上海，也曾住在我父親那邊。三姊姊和七妹妹經常回娘家。父親高興說，「現在反倒擠在一處了！」不像在蘇州一家人分散幾處。我在錢家住的時候，也幾乎每天到父親那裏去轉一下。我們不論有多少勞瘁辛苦，一回家都會從說笑中消散。抗戰末期，日子更艱苦了。鍾書兼做補習老師，得了什麼好吃的，總先往父親那兒送，因爲他的父母都不在上海了。父親常得意說：「愛妻敬丈人」（無錫土話是「愛妻敬丈姆」）。有時我們姊妹回家，向父親訴苦：「爸爸，肚子餓。」因爲雖然塞滿了仍覺得空虛。父親就帶了我們到鄰近的錦江飯店去吃點心。其實我們可以請父親吃，不用父親再「放焰口」。不過他帶了我們出去，自己心上高興，我們心理上也能飽上好多天。抗戰勝利前夕父親特回蘇州去賣掉了普通版的舊書，把書款向我們「放焰口」——那是末一遭的「放焰口」。

父親在上海的朋友漸漸減少。他一次到公園散步回家說，謠傳楊某（父親自指）眼睛瞎掉了。我吃驚問怎會有這種謠言。原來父親碰到一個新做了漢奸的熟人，沒招呼他，那人生氣，罵我父親眼裏無人。有一次我問父親，某人為什麼好久不來。父親說他「沒臉來了」，因為他也「下海」了。可是抗戰的那幾年，我父親心情還是很愉快的，因為愈是在艱苦中，愈見到自己孩子對他的心意。他身邊還有許多疼愛的孫兒女——父親不許稱「外孫」或「外孫女」，他說，沒什麼「內孫」「外孫」。他也不愛「外公」之稱。我的女兒是父親偏寵的孫女之一，父親教她稱自己為「公」而不許稱「外公」。缺憾是母親不在，而這又是唯一的安慰，母親可以不用再操心或勞累。有時碰到些事，父親不在意，母親料想不會高興，父親就說，幸虧母親不在了。

我們安葬了母親之後，有同鄉借住我家的房子。我們不收租，他們自己修葺房子，並接通電線。那位鄉紳有好幾房姨太太，上輩還有老姨太，恰好把我們的房子住滿。我父親曾帶了大姊和我到蘇州故居去辦手續。晚上，房西招待我們在他臥房裏閒談。那間房子以前是我的臥房。他的床恰恰設在我原先的床位上。電燈也在原處。吃飯間裏，我母親設計製造的方桌、圓桌都在——桌子中間有個可開可合的圓孔，下面可以放煤油爐，湯鍋燉在爐上，和桌上的碗碟一般高低，不突出礙手。我們的菜櫥也還在原處。我們卻從主人變成了客人，恍然如在夢中。

這家搬走後，家裏進駐了軍隊，耗掉了不知多少度的電，我們家還不起，電源又切斷了。勝利前夕，上海有遭到「地毯轟炸」的危險，小妹妹還在震旦女子文理學院上學，父親把她託給我，他自己帶著大姊和三姊的全家到蘇州小住。自從鍾書淪陷在上海，父親把他在震旦教課的鐘點讓了給鍾書，自己就專心著書。他曾高興地對我說，「我書題都想定了，就叫《詩騷體韻》。阿季，傳給你！」他回蘇州是帶了所需的書走的。

父親去世後，我末一次到蘇州舊宅。大廳上全堂紅木家具都已不知去向。空蕩蕩的大廳上，停著我父親的棺材。前面搭著個白布幔，掛著父親的遺容，幔前有一張小破桌子。我像往常那樣到廚下去泡一碗釅釅的蓋碗茶，放在桌上，自己坐在門檻上傻哭，我們姊妹弟弟一個個悽悽惶惶地跑來，都只有門檻可坐。

開弔前，搭喪棚的人來纏結白布。大廳的柱子很粗，遠不止一抱。纏結白布的人得從高梯上爬下，把白布繞過柱子，再爬上梯去。這使我想起我結婚時纏結紅綠彩綢也那麼麻煩，聯想起三姊結婚時的盛況，聯想起新屋落成、裝修完畢那天，全廳油漆一新，陳設得很漂亮。廳上懸著三盞百支光的扁圓大燈，父親高興，叫把全宅前前後後大大小小的燈都開亮。蘇州供電有限，全宅亮了燈，所有的燈光立即減暗了。母親說，快別害了人家，忙關掉一部分。我現在回想，盛衰的交替，也就是那麼一剎那間，我算是親眼看見了。

我父親去世以後，我們姊妹曾在霞飛路（現淮海路）一家珠寶店的櫥窗裏看見父親書案上的一個竹根雕成的陳摶老祖像。那是工藝品，面貌特殊，父親常用「棕老虎」（棕製圓形硬刷）給陳摶刷頭皮。我們都看熟了，絕不會看錯。又一次，在這條路上另一家珠寶店裏看到另一件父親的玩物，隔著櫥窗裏陳設的珠鑽看不眞切，很有「是耶非耶」之感。我們忍不住在一家家珠寶店的櫥窗裏尋找那些玩物的伴侶，可是找到了又怎樣呢？我們家許多大銅佛給大弟奶媽家當金佛偷走，結果奶媽給強盜拷打火燙，以致病死，偷去的東西大多給搶掉，應了俗語所謂「湯裏來，水裏去」。父親留著一箱古錢，準備充小妹妹留學的費用。可是她並沒有留學。日寇和家賊劫餘的古瓷、古錢和善本書籍，經過紅衛兵的「抄」，一概散失，不留痕跡。財物的聚散，我也親眼見到了。

我父親根本沒有積累家產的觀念，身外之物，人得人失，也不值得掛念。我只傷心父親答應傳給我的《詩騷體韻》遍尋無著，找到的只是些撕成小塊的舊稿。我一遍比一遍找得仔細，嚥下大量拌足塵土的眼淚，只找出舊日記一捆。我想從最新的日記本上找些線索，只見父親還在上海的時候，記著「阿×來，饋××」。我以爲他從不知道我們送了什麼東西去，因爲我們只悄悄地給父親裝在瓶兒罐兒裏，從來不說。我驚詫地坐在亂書亂紙堆裏，發了好一會呆。我常希望夢見父親，可是我只夢見自己蹲在他的床頭櫃旁，揀看裏面的瓶兒罐兒。

我知道什麼是他愛吃而不吃的，什麼是不愛吃而不吃的。我又一次夢見的是我末一次送他回蘇州，車站上跟在背後走，看著他長袍的一角在掀動。父親的臉和那部《詩騷體韻》的稿子，同樣消失無蹤了。

我父親在上海經常晤面的一位老友有輓詞五首和附識一篇，我附在後面。因爲讀了他的「附識」，可約略知道《詩騷體韻》的內容。

讀他的輓詞，似乎惋惜我父親的子女不肖，不能繼承父學；他讀了我的回信，更會嘆恨子女無知，把父親的遺稿都丟失了。「附識」中提到的〈釋面〉〈釋笑〉等類小文一定還有，可是我連題目都不知道。父親不但自己不提，而且顯然不要我看；我也從未違反他沒有明說的意思。《詩騷體韻》一書，父親準是自己不滿意而毀了，因爲我記得他曾說過，他還想讀什麼什麼書而不可得。假如他的著作已經謄清，他一定會寫信告訴我。毀掉稿子當是在去世前不久，他給我的信上一字未提起他的書，我兩個姊姊都一無所知。父親毀掉自己的著作，罪過還在我們子女。一個人精力有限，爲子女的成長教育消耗太多，就沒有足夠的時間寫出自己滿意的作品來。

我讀了《堂吉訶德》，總覺得最傷心的是他臨終清醒以後的話：「我不是堂吉訶德，我只是善人吉哈諾。」我曾代替父親說：「我不是堂吉訶德，我只是《詩騷體韻》的作者。」

我如今只能替我父親說：「我不是堂吉訶德，我只是你們的爸爸。」

我常和鍾書講究，我父親如果解放後還在人間，他會像「忙人」一樣，成爲被「統」的「開明人士」呢，還是「腐朽的資產階級」呢？父親末一次離開上海的時候，曾對我賣弄他從商店的招牌上認識的俄文字母，並對我說：「阿季，你看吧，戰後的中國是俄文世界。」我不知道他將怎樣迎接戰後的新中國，料想他準會驕傲得意。不過，像我父親那樣的人，大概是會給紅衛兵打死的。

我有時夢想中對父親說：「爸爸，假如你和我同樣年齡，《詩騷體韻》準可以寫成出版。」但是我能看到父親虎著臉說：「我只求出版自己幾部著作嗎？」

像我父親那樣的知識分子雖然不很普通，卻也並不少。所以我試圖盡我的理解，寫下有關我父親的這一份資料。

註釋

①中華書局版（一九八一）一三一——一三二頁。

②魯迅《瑣記》中寫他留學日本之前，曾考入礦路學堂，開始「看新書」，如《天演論》、《譯學匯編》等。據內容，《譯學匯編》當即《譯書匯編》。《魯迅全集》中已改正。

③民國廿八年（一九三九）二月版第一輯一四七頁。

④同上書，第一輯一九一頁。

⑤《國民報》是最早提倡顛覆清王朝的刊物，它以鼓吹天賦人權、自由平等而具特色——《中華民國史》一三二頁。

⑥同注③，第一輯一五一頁。

⑦同注①，一三二頁。

⑧同注①，二九三頁。

⑨見房兆楹輯《史料叢刊》之一（台灣中央研究院近代研究所出版，一九六〇）內〈日本留學生題名錄．卒業留學生附錄〉。

⑩見西南交通大學出版社《交通大學校史資料選編》（一）第七二頁。據鄒振環先生提供的資料，譯書院屬交通大學，主持者是張元濟，派送雷奮等去譯書院的是盛宣懷。

⑪見《忘山廬日記》，上海古籍出版社，一九八三年版，上冊六〇九頁。

⑫胡適到過我家蘇州寓所，只是我沒見過。他《四十自述》中提到他的老師楊志洵（景蘇）先生是我父親的族叔亦好友。

⑬全文見《遠生遺著》——民國九年（一九二〇）版第三冊一八九——一九三頁，這是鍾書提供的資料。

⑭據民初司法懲戒處分，停職三個月以上，一年以下，並停止俸給。

⑮陶菊隱《北京軍閥統治時期史話》第三冊第一一一頁（一九五七年三聯版）；《中華民國史資料叢稿·人物傳記》第二十輯第七五頁（一九四八年中華書局版）。

⑯此係南京江蘇教育學院翟國璋先生提供。

⑰一九二〇年五月間上海《申報》〈楊蔭杭律師啓事〉一則，說：「閱報得知」辭職獲準，現重操律師舊業。

⑱一九九二年，我得到楊翼之先生外孫女的信，欣知遙寄的感激已經寄到。

⑲《亞洲問題講座》第十二卷，尾崎秀實主編《亞洲人名辭典》，昭和十五年（一九四〇）創元社刊。

⑳我弟弟楊保俶記下的。據專攻文獻的田奕女士提供資料：徐如珂，字季鳴，吳縣人，萬曆二十三年進士，除刑部主事，歷郎中、太僕少卿，轉左通政（宰相之職）。

㉑吳楚村、吳調侯選《古文觀止》卷下末一篇。文章裏只說「中丞以吳民之亂請於朝，按誅五人」。五人

是自願代「五城」或「五萬人」死的義士。

㉒指陸定一同志兄弟。

㉓軟體動物，像沒殼的蝸牛而較肥大。

㉔《當代》一九八三年五、六兩期刊載了我回憶父親的這篇文章，一九八四年八月六日，寧夏銀川市一位財經部退休幹部林壯志同志來信說，他對這件失竊案深知內情。他說我父親「對案情的分析是正確的，那是一件監守自盜案。」他已寫了〈五十年前無錫銀行保險庫失竊巨案眞相〉一文，「揭破半個世紀前這個疑案之謎」。據說那兩個老師傅宣告無罪釋放，案子「不了了之」。

㉕承華東師範大學闞緒良同志抄給我看徐鑄成先生《報海舊聞》十一頁上一段文字：「我那時比較欣賞老圃的短文章，談的問題小，而言之有物，文字也比較雋永。」一九九二年，我的朋友們發現了大量署名「老圃」的文章，一九九三年將出版《老圃遺文輯》。

㉖楊必，《剝削世家》和《名利場》（人民文學版）的譯者。

㉗楊壽康，曾翻譯法國布厄瑞（P. Bourget）《死亡的意義》（商務，一九四〇）。

㉘清華研究院各系畢業生都送出國留學，只有外語系例外，畢業也不得出國。

附錄一

補塘兄輓詞五首

同學小弟侯士綰皋生

華年卓犖笑拘虛，兩渡滄瀛窮地輿。返國久親三尺法，閉門更讀五車書。養疴暫止懸河口，投老欣逢濱海居。四十年來各奔走，幸今略補舊交疏。

擾擾粗才窺管天，紛紛俗子耘心田。心期獨洽劉原父，腹笥交推邊孝先。大小鐘鳴隨杵叩，淺深水澈得犀燃。俞章絕業今誰繼，俯仰乾坤一泫然。

誰省人間萬竅號，權衡今古析秋毫。法言切韻尋源遠，神瞽調音造詣高。早歲準繩循段孔，暮年金玉在詩騷（兄著《詩騷聲勢》待刊）。太玄傳後差堪必，心力寧為覆瓿勞。

六書原委極鑽磨，愧我青編輕讀過。欲向楚金愧叔重，反同海嶽哭東坡。茅亭質證成陳迹，水榭追隨感逝波。自古儒林多大耋，於君獨靳奈天何。

相期共待泰階平，舊學商量娛此生。匝月偶逢生鄙吝，踵門一見說歸程。方誇元亮幽居樂，遽聽彥龍蒿裏聲。任昉不堪思惜別，悲懷未敘淚先傾。

補塘兄深於說文音韻之學，余與在大興公園晤談最多，四五年如一日。余嘗爲言我國語言文學音節之美，實在雙聲疊韻，而善於運用者，莫若司馬相如〈大人賦〉，惜昭明寡識，《文選》失收。兄謂《詩經》一書，實爲古時音韻譜，節奏尤美，殆均經瞽矇審定，所用雙聲疊韻，配列甚勻，多爲對偶，如〈周南．卷耳〉二章之崔嵬虺隤，三章之高岡玄黃，尤爲顯著。嘗推本許氏《說文》聲母通假，求得同聲同韻之字，視前爲多，再依據孔廣森陰陽聲對轉之說，求得對轉通韻之字，愈益加多，以此〈周頌．清廟〉，歷來音韻家稱爲無韻者，均能有韻。茲正將《詩經》逐字逐句加注音韻，頗多創穫。予謂兄言詩之成韻不僅在句尾，有在句中者，如〈曹風．下泉〉前三章之彼我兩字，早經揭示，又各章往往僅有少數換韻之字不同，餘皆同句同字，此相同之字雖不在一章，亦自然成韻，如〈周南．樛木〉三章，僅有首章之累綏、次章之荒將、三章之縈成換字換韻，其餘字句皆同，皆應成韻。余藏丁以此著《毛詩正韻》，照此求韻，所得較前人大為增多。見亟索觀，旋為余言丁書甚精闢，大堪參究，尤嘉其遇不得解處能虛懷闕疑，惟不知採用陰陽聲對轉之說，致所收成韻之字仍多遺漏。後為余言《詩經音韻》已注就，並草成凡例，又以屈子〈離騷〉音調差堪比美，亦為加注如前，蓋歷久而兩書始成，合名之曰《詩騷聲勢》①，……據稱係用鉛筆繕寫，仍時加校正……此書稿本似應在蘇寓……望善為保存，將來設法刊行，以傳絕學……又余曾見兄署名「老圃」在《新聞報》登載〈釋面〉、〈釋笑〉、〈自稱〉三篇，文字徵引既博，樹義亦精，不知關於此類著述以及其他，府上存否稿本……如能搜集，亦希保存，俟他日刊印論叢等書，以廣其傳，實為余區區所深望也。三十四年（一九四五）八月十二日侯皋生附識。

註釋

①我父親後來改為《詩騷體韻》。

附錄二

申辯中之高檢長懲戒案

本文見一九一七年五月二十五、二十六日《申報》要聞。一九九三年三月由翟國璋先生發現。《楊蔭杭申辯書》不及編入集中，特與司法部呈大總統文一併附錄於此。

高檢長楊蔭杭因傳訊×××交付懲戒，楊已向懲戒會提出《申辯書》，會中對於此事，已開過調查會一次，不日當有結果。茲覓得司法部請交懲戒之原呈及楊檢長之《申辯書》並錄於下。此案之是非曲直，亦可略見一斑矣。

司法部呈文

呈爲檢察官違背職務，請予停止職務，交司法官懲戒委員會議處事。竊查偵查犯罪，固屬檢察官之職權，惟對於犯罪人非有相當證據、較著事實、認爲確有犯罪嫌疑，不得施行強制處分、率行傳訊、拘押及搜索。此所以尊重憲法，保障人權也。本月四日，京師高等檢察廳，將×××傳訊拘禁於看守所，並搜索其家宅，既未奉令交辦，亦無人告訴告發，而又乏相當之犯罪證據。僅以報紙之攻擊、議會之質問、道路之傳聞爲理由，即行傳訊拘禁及搜索，實屬意氣用事，違背職務。若不加以懲處，恐司法官流於專橫，以國家保護秩序之法權，爲個人挾嫌報復之利器，必至法廳失其信用，社會蒙其弊害，殊非國家明刑弼政之道。謹依據《司法官懲戒法》第一條第一項及第三十一條第二項之規定，擬請將京師高等檢察廳檢察長楊蔭杭及檢察官張汝霖均以明令停止職務，交司法官懲戒委員會議處。是否有當，理合恭呈，仰祈大總統訓示施行。謹呈。

楊蔭杭申辯書

查敝廳辦理×××一案，自開始偵查後，凡傳喚、訊問、搜查證據及交地方廳繼續偵查，一切按照法律辦理，本無絲毫不合。乃司法總長張耀曾忽以為違背職務，呈大總統交會懲戒。蔭杭愚闇，實不解違背者係何項職務。查原呈請交懲戒之事實，謂「本月四日，京師高等檢察廳，將×××傳訊拘禁於看守所，並搜索其家宅，既未奉令交辦，亦無人告訴告發，而又乏相當之犯罪證據。僅以報紙之攻擊、議會之質問、道路之傳聞為理由，即行傳訊拘禁及搜索，實屬意氣用事，違背職務」云云。又查原呈司法總長張耀曾對於法律上所持之意見，則謂偵查犯罪，固屬檢察官之職權，惟對於犯罪人非有相當證據、較著事實、認為確有犯罪嫌疑，不得施行強制處分、率行傳訊、拘押及搜索。此所以尊重憲法、保障人權云云。今試將原呈所言，細加分析，逐條研究，則有以下數問題，試論列如左：

一、對於犯罪人，非有相當證據，能否傳訊？

查傳訊並非強制處分，檢察官對於告訴人、告發人及證人、鑒定人尚得傳訊，何況犯罪嫌疑人？且傳訊之目的，在得證據。既有相當證據，即可交地方廳起訴，檢察官在傳訊前，斷無先行舉證之義務。查總檢察廳飭發《檢察執務規則》第一百十七條：「偵查中因不失取證機會，且不損被告利益，應先訊問被告人。」觀此，則知傳訊爲取證之機會，非取證以後始能傳訊。

二、對於犯罪人，非有相當證據，能否拘押？

查敝廳並未將×××拘押，則此項問題無答辯之必要。

三、對於犯罪人，非有相當證據，能否搜查？

所謂「搜查」者，本係搜查證據，若既有相當證據，盡可不必搜查。使既得證據，而搜查不已，將發生濫行搜查之問題，而被告人將不堪其擾矣。推司法總長之責，似謂先有證據，乃能再查。然則搜查者何物乎？查總檢察廳飭發《檢察執務規則》第五十二條及第五十三條，檢察官本有搜查證據之權，非先有證據而後可以搜查。

四、對於犯罪人，非有較著事實，能否傳訊拘押搜查？

查司法總長所言相當證據、較著事實等語純係空論，在法令上本無根據。其所謂「較著事實」四字，在法律上有何價值，更難索解。若就其文義解之，似指顯著之犯罪事實而言。果爾，則前所謂相當證據，已包括此義。

五、×××是否有嫌疑？

查嫌疑不嫌疑，至如何程度方可開始偵查，均應聽檢察官酌量。如檢察官認爲嫌疑，不特司法總長不能命令檢查官使之解嫌疑，即被嫌疑人之律師，亦不能於偵查中出頭辯護，謂檢察官濫行嫌疑，應行停止偵查本案。司法總長如欲問×××是否確有嫌疑，蔭杭亦須還問司法總長此次×××是否確無嫌疑？蔭杭確曾親詰司法總長，是否總長個人意見認×××爲道德高尚，絕無嫌疑之餘地？司法總長答言：「交情甚淺，並不能保。」

六、並未奉令交辦之案，檢察官能否自行開始偵查？

查京外檢察廳每年偵查之案不知幾千幾萬，豈皆奉令交辦之案？又查大總統交法庭辦理之案，並非一經令交，即有特別性質。如檢察官偵查以後，毫無證據，認爲無庸起訴，即經大總統令交，亦不拘束檢察官。如認爲應行偵查，即未經大總統令交，檢察官亦照常行事。不能因其曾任總長，遂認爲神聖不可侵犯。

七、無人告訴告發，檢察官能否開始偵查？

查檢察官係刑事原告，法律上早有明文。京外各檢察廳，每年偵查之案，不知幾千幾萬，豈皆有人告訴告發？司法總長豈並此而不知？

八、僅以報紙之攻擊、議會之質問、道路之傳聞，能否開始偵查？

查檢察廳飭發《檢察執務規則》第十六條，因現行犯告發自首，報紙風聞，及其他聞見之事物，認明或逆料有犯罪之嫌疑者，應即開始偵查。觀此，則檢察官受法令拘束，若有所見聞，即不能處於消極之地位。逆料有嫌疑尚應開始偵查，況經檢查後認明有嫌疑，安能不開始偵查？蔭杭待罪法曹，尚有絲毫天良，誠不敢塗聰塞明，自甘聾聵。

九、保障人權之研究

查約法，人民之身體，非依法律不得逮捕、拘禁、審問、處罰之權。但本案尚非發生此項人權問題。敝廳對於×××既未逮捕，並未拘禁，亦未經審判廳審問處罪。不過由檢察官認爲嫌疑，依法傳喚、依法訊問、依法搜查證據，並交地方檢察廳依法辦理。自始至終，何有絲毫違法授人口實之處？

十、意氣用事之研究

查檢察官職司搏擊，以疾惡如仇爲天職。昔哲有言：見不仁者誅之，如鷹鸇之逐鳥雀。此誠檢察官應守之格言。因檢察官本不以涵養容忍爲能事也。故謂敝廳爲「雷厲風行」則近之；言敝廳爲「意氣用事」則不能然。即以「雷厲風行」言，敝廳亦不敢冒此美名。敝廳辦理此案，始終出以冷靜，出以和平，故×××到廳聽其乘自動車，到廳後聽其入應接室，而未入候審處。故謂敝廳爲過於寬待則近之。謂敝廳爲「雷厲風行」，則尚覺受之有愧。

十一、違背職務之研究

綜觀前列各項，則懲戒法中所謂「違背職務」四字，萬難牽合，已極明瞭。果如司法總長之言，可強指爲「違背職務」而受懲戒，則以後檢察官對於犯罪嫌疑人，將無開始偵查之權。檢察官偶一認定嫌疑，司法總長即出而干涉，停止其職務，使之不能偵查。檢察官偶一傳訊，司法總長即出而干涉，要求檢察官提出證據，若無證據，即停止其職務，使之不能傳訊。又檢察官偶一搜查證據，司法總長即出而干涉，要求檢察官提出證據，若無證據，即停止其職務，使之不能搜查。果爾，則凡與司法總長同黨者，皆可肆行無忌，受司法總長之保護，而不受檢察官之檢察。是《司法官懲戒法》將爲司法總長排斥異己之武器，而《司法官懲戒法》第三十一條第二項，將爲司法總長庇縱犯人之護身符。身爲司法總長，且不恤將司法制度根本破壞，設以後各省行政監督長官，相率效尤，試問執法之官，尙能履行其職務乎？觀此，則知此次「違背職務」者，確係司法總長，並非高等檢察長。

十二、司法總長請付懲戒之用意應注意研究

今試設爲假定之辭。此案檢察官果係辦理不合，應負責任，則司法總長亦應俟×××將犯罪嫌疑洗刷淨盡，方能議及檢察官之責任。何以司法總長迫不及待，若惟恐繼續偵查，不利於×××，遂將著手偵查之檢察官，先行停職。然則司法總長固明知檢察官履行職務，萬不能加以懲戒處分，特借此手段束縛檢察官之手，使不能發見×××之犯罪證，許汝曹染

指。此其意固顯而易見。藉曰不然，試問今日×××，果已由法庭證明其毫無嫌疑乎？又試問今日司法以外之機關，已停止查辦，而深信其毫無嫌疑乎？又司法總長欲懲戒檢察官，果無私意，盡可徑行呈請，何至在國務院主張請大總統徑行免職停職，並約法而不顧。此可疑者一。又敝廳辦理此案之檢察官，除由檢察長主任外，尚有檢察官五人。何以當時親傳××之檢查官置之不問，而獨注射於赴津搜查要據之張汝霖，使之停職不能進行？此可疑者二。由此觀之，則司法總長之用意，固在停止偵查，而不在懲戒法官，彰彰明矣。查刑事偵查，貴於迅速進行，不失事機，一經停頓，則證據從而淹滅，犯罪人並可布置一切。今司法總長對於×××一案，既如此不避嫌疑，則以後此案如果因干涉停頓，辦理上發生重大困難。試問司法總長是否負完全責任？至於敝廳開始偵查之時，固深信此案確有把握，初不料司法總長有非法之干涉。然即經此次干涉，亦不敢謂此案必無把握。但苟軼出常規之外，則不敢知矣。

張汝霖申辯書

汝霖奉檢察長適法命令，與其他檢察官共同偵查案件，亦不自×××一案始。何以此次汝霖獨得「違背職務」之咎？汝霖愚惑，竊所未解。謹此申辯，伏希公決。

《申報》一九一七年五月二十五、二十六日

回憶我的姑母

中國社會科學院近代史所給我的信裏說：「令姑母蔭榆先生也是人們熟知的人物，我們也想了解她的生平。蔭榆先生在日寇陷蘇州時罵敵遇害，但許多研究者只知道她在女師大事件中的作爲，而不了解她晚節彪炳，這點是需要糾正的。如果您有意寫補塘先生的傳記，可一併寫入其中。」

楊蔭榆是我的三姑母，我稱「三伯伯」。我不大願意回憶她，因爲她很不喜歡我，我也很不喜歡她。她在女師大的作爲以及罵敵遇害的事，我都不大知道。可是我聽說某一部電影裏有個楊蔭榆，穿著高跟鞋，戴一副長耳環。這使我不禁啞然失笑，很想看看電影裏這位姑母是何模樣。認識她的人愈來愈少了。也許正因爲我和她感情冷漠，我對她的了解倒比較客觀。我且盡力追憶，試圖爲她留下一點比較眞實的形象。

我父親兄弟姊妹共六人。大姑母最大，出嫁不久因肺疾去世。大伯父在武備學校因試炮失事去世。最小的三叔叔留美回國後肺疾去世。二姑母（蔭枌）和三姑母都比我父親小，出嫁後都和夫家斷絕了關係，長年住在我家。

聽說我的大姑母很美，祖父母十分疼愛。他們認爲二姑母三姑母都醜。兩位姑母顯然從小沒人疼愛，也沒人理會；姊妹倆也不要好。

我的二姑夫名裘劍岑，是無錫小有名氣的「才子」，翻譯過麥考萊（T. B. Macaulay）的《約翰生傳》（*Life of Johnson*）①。這個譯本鍾書曾讀過，說文筆很好。據我父親講，二姑母無聲無息地和丈夫分離了，錯在二姑母。可是我又聽姊姊說，二姑母嫌丈夫肺病，夫婦不和。反正二姑母對丈夫毫無感情，也沒有孩子，分離後也從無煩惱。她的相貌確也不美。三姑母相貌和二姑母完全不像。我堂姊楊保康曾和三姑母同在美國留學，合照過許多相片，我大姊也曾有幾張三姑母的小照，可惜這些照片現在一張都沒有了。三姑母皮膚黑黝黝的，雙眼皮，眼睛炯炯有神，笑時兩嘴角各有個細酒渦，牙也整齊。她臉型不錯，比中等身材略高些，雖然不是天足，穿上合適的鞋，也不像小腳娘。我曾注意到她是穿過耳朵的，不過耳垂上的針眼早已結死，我從未見她戴過耳環。她不令人感到美，可是也不能算醜。我聽父母閒話中講起，祖母一次當著三姑母的面，拿著她的一張照片說：「瞧她，鼻子向著天。」（她鼻子有上仰的傾向，卻不是「鼻灶向天」。）三姑母氣呼呼地說：「就是你生出來的！就是你生出來的!!就是你生出來的!!!」當時家裏人傳爲笑談。我覺得三姑母實在有理由和祖母生氣。即使她是個醜女兒，也不該把她嫁給一個低能的「大少爺」。當然，訂親的時候只求門當戶對，並不知對方的底細。據我父親的形容，那位姑爺老嘻著嘴，露出一顆顆紫紅的牙肉，嘴角流著哈拉子。三姑母比我父親小六歲，甲申（一八八四）年生，小名申官。她是我父親留學日本的時期由祖母之命訂親結婚的。我母親在娘家聽說過那位蔣家的少爺，曾向我祖母反對這門親事，可是白挨了幾句訓斥，祖母看重蔣家的門戶相當。

我不知道三姑母在蔣家的日子是怎麼過的。聽說她把那位傻爺的臉皮都抓破了，想必是爲自衛。據我大姊轉述我母親的話，她回了娘家就不肯到夫家去。那位婆婆有名的厲害，先是抬轎子來接，然後派老媽子一同來接，三姑母只好硬給接走。可是有一次她死也不肯再回去，結果婆婆親自上門來接。三姑母對婆婆有幾分怕懼，就躲在我母親的大床帳子後面。那位婆婆不客氣，竟闖入我母親的臥房，把三姑母揪出來。逼到這個地步，三姑母不再示弱，索性撕破了臉，聲明她怎麼也不再回蔣家。她從此就和夫家斷絕了。那位傻爺是獨子，有人罵三姑母爲「滅門婦」；大概因爲她不肯爲蔣家生男育女吧？我推算她在蔣家的日子很短，因爲她給婆婆揪出來的時候，我父親還在日本。一九○三年我父親回國後，在家鄉同朋友一起創立理化研究會，我的二姑母三姑母都參加學習。據說那是最早有男女同學的補習學校；

尤其兩個姑母都不坐轎子，步行上學，開風氣之先。三姑母想必已經離開蔣家了。那時候，她不過十八周歲。

三姑母由我父親資助，在蘇州景海女中上學。我親戚家有一位小姐和她同學。那姑娘有點「著三不著兩」，無錫土話稱為「開蓋」（略似上海人所謂「十三點」，北方人所謂「二百五」）。她和蔣家是隔巷的街坊，可是不知道我三姑母和蔣家的關係，只管對她議論蔣家的新娘子：「有什麼好看呀！狠巴巴的，小腳鞋子拿來一剁兩段。」末一句話全無事實根據。那時候的三姑母還很有幽默，只笑著聽她講，也不點破，也不申辯。過了些時候，那姑娘回家弄清底裏，就對三姑母罵自己：「開蓋貨！原來就是你們！」我記得三姑母講的時候，細酒渦兒一隱一顯，樂得不得了。

她在景海讀了兩年左右，就轉學到上海務本女中，大概是務本畢業的。我母親那時曾在務本隨班聽課，我偶爾聽到她們談起那時候的同學，有一位是章太炎夫人湯國梨。三姑母一九〇七年左右考得官費到日本留學，在日本東京女子高等師範學校（現「御茶水女子大學」的前身）畢業，並獲得獎章。我曾見過那枚獎章，是一只別針，不知是金的還是銅的。那是在一九一三年②。她當年就回國了，因為據蘇州女師的校史，我三姑母一九一三至一九一四年曾任該校教務主任，然後就到北京工作。

我聽父親說，三姑母的日文是科班出身。日本是個多禮的國家，婦女在家庭生活和社交裏的禮節更爲繁重；三姑母都很內行。我記得一九二九年左右，蘇州市爲了青陽地日本租界的事請三姑母和日本人交涉，好像雙方對她都很滿意。那年春天三姑母和我們姊妹同到青陽地去看櫻花，路過一個日本小學校，校內正開運動會。我們在短籬外略一逗留，觀看小學生賽跑，不料貴賓台上有人認識三姑母，立即派人把我們一夥人都請上貴賓台。我看見三姑母和那些日本人彼此頻頻躬身行禮的樣兒，覺得自己成了挺胸凸肚的野蠻人。

三姑母一九一四年到北京，大約就是在女高師工作。我五周歲（一九一六年）在女高師附小上一年級，開始能記憶三姑母。她那時是女高師的「學監」，我還是她所喜歡的孩子呢。我記得有一次我們小學生正在飯堂吃飯，她帶了幾位來賓進飯堂參觀。頓時全飯堂肅然，大家都專心吃飯，我背門而坐，飯碗前面掉了好些米粒兒。三姑母走過，附耳說了我一句，我趕緊把米粒兒撿在嘴裏吃了。後來我在家聽見三姑母和我父親形容我們那一羣小女孩兒，背後看去都和我相像：一個白脖子，兩橛小短辮兒；她們看見我撿吃了米粒兒，一個個都把桌上掉的米粒兒撿來吃了。她講的時候笑出了細酒渦兒，好像對我們那一羣小學生都很喜歡似的。那時候的三姑母還一點不怪僻。

女高師的學生有時帶我到大學部去玩。我看見三姑母忙著寫字，也沒工夫理會我。她們帶我打秋千，登得老高，我有點害怕，可是不敢說。有一次她們開懇親會，演戲三天，一天試演，一天請男賓，一天請女賓，借我去做戲裏的花神，把我的牛角小辮兒盤在頭頂上，插了滿頭的花，衣上也貼滿金花。又一次開運動會，一個大學生跳繩，叫我鑽到她身邊像衛星似的繞著她周圍轉著跳。老師還教我說一套話。運動場很大，我站在場上自覺渺小，細聲兒把那套話背了一遍，心上只愁跳繩絆了腳。那天總算跳得不錯。事後教師問我：「你說了什麼話呀？誰都沒聽見。」

我現在回想，演戲借我做「花神」，運動會叫我和大學生一同表演等等，準是看三姑母的面子。那時候她在校內有威信，學生也喜歡她。我絕不信小學生裏只我一個配做「花神」，只我一個靈活，會鑽在大學生身邊圍繞著她跳繩。

一九一八年，三姑母由教育部資送赴美留學。她特叫大姊姊帶我上車站送行。大姊姊告訴我，三伯伯最喜歡我。可是我和她從來不親。我記得張勳復辟時，我家沒逃離北京，只在我父親的一個英國朋友波爾登（Bolton）先生家避居幾天。我母親給我換上新衣，讓三姑母帶我先到波爾登家去，因爲父親還沒下班呢。三姑母和波爾登對坐在他書房裏沒完沒了的說外國話，我垂著短腿坐在旁邊椅上，看看天色漸黑，不勝焦急。後來波爾登笑著用北京話對我說：「你今天不回家了，住在這裏了。」我看看外國人的大菱角鬍子，看看三姑母的笑臉，不知他們要怎麼擺布我，愁得不可開交，幸虧父母親不久帶著全家都到了。我總覺得三姑母不是我家的人，她是學校裏的人。

那天我跟著大姊到火車站，看見三姑母有好些學生送行。其中有我的老師。一位老師和幾個我不認識的大學生哭得抽抽噎噎，使我很驚奇。三姑母站在火車盡頭一個小陽台似的地方，也只顧拭淚。火車叫了兩聲（汽笛聲），慢慢開走。三姑母頻頻揮手，頻頻拭淚。月台上除了大哭的幾人，很多人也在擦眼淚。我雖然早已乘過多次火車，可是我還小，都不記得。那次是我記憶裏第一次看到火車，聽到「火車叫」。我永遠把「火車叫」和哭泣連在一起，覺得那是離別的叫聲，聽了心上很難受。

我現在回頭看，那天也許是我三姑母生平最得意、最可驕傲的一天。她是出國求深造，學成歸來，可以大有作爲。而且她還有許多喜歡她的人爲她依依惜別。據我母親說，很多學生都送禮留念；那些禮物是三姑母多年來珍藏的紀念品。

三姑母一九二三年回蘇州看我父親的時候，自恨未能讀得博士，只得了美國哥倫比亞大學的碩士學位。我父親笑說：「別『博士』了，頭髮都白了，越讀越不合時宜了。」我在旁看見她頭上果然有幾莖白髮。

一九二四年，她做了北京女子師範大學的校長，從此打落下水，成了一條「落水狗」。

我記得她是一九二五年冬天到蘇州長住我家的。我們的新屋剛落成，她住在最新的房子裏。後園原有三間「旱船」，形似船，大小也相同。新建的「旱船」不在原址，面積也擴大了，是個方廳（蘇州人稱「花廳」），三面寬廊，靠裏一間可充臥房，後面還帶個廂房。那前後兩間是父親給三姑母住的。除了她自買的小綠鐵床，家具都現成。三姑母喜歡綠色，可是她全不會佈置。我記得陰曆除夕前三四天，她買了很長一幅白「十字布」，要我用綠線為她繡上些竹子做帳圍。「十字布」上繡花得有「十字」花的圖樣。我堂兄是繪畫老師。他為三姑母畫了一幅竹子，上面還有一彎月亮，幾隻歸鳥。我不及把那幅畫編成圖案，只能把畫紙釘在布下，照著畫隨手繡。「十字布」很厚，我得對著光照照，然後繡幾針，很費事。她一定要在春節前繡好，怕我趕不及，扯著那幅長布幫我亂繡，歪歪斜斜，針腳都不刺在格子眼兒裏，許多「十」字只是「一」字。我連日成天在她屋裏做活兒，大除夕的晚飯前恰好趕完。三姑母很高興，獎了我一枝自來水筆。可惜那枝筆寫來筆畫太粗，背過來寫也不行。我倒並不圖報，只是看了她那歪歪扭扭的手工很不舒服。

她床頭掛一把綠色的雙劍——一個鞘裏有兩把劍。我和弟弟妹妹要求她舞劍，她就舞給我們看。那不過是兩手各拿一把劍，擺幾個姿勢，並不像小說裏寫的一片劍光，不見人影。我看了很失望。那時候，她還算是喜歡我的，我也還沒嫌她，只是並不喜歡她，反正和她不親。

我和二姑母也不親，但比較接近。二姑母上海啓明女校畢業，曾在徐世昌家當過家庭教師，又曾在北京和吉林教書。我家房子還沒有全部完工的時候，我曾有一、二年和她同睡一屋。她如果高興，或者我如果問得乖巧，她會告訴我好些有趣的經驗。不過她性情孤僻，只顧自己，從不理會旁人。三姑母和她不一樣。我記得小時候在北京，三姑母每到我們家總帶著一幫朋友，或二三人，或三四人，大夥兒熱鬧說笑。她不是孤僻的。可是一九二五年冬天她到我們家的時候，她只和我父親有說不完的話。我旁聽不感興趣，也不大懂，只覺得很煩。她對我母親或二姑母卻沒幾句話。大概因爲我母親是家庭婦女，不懂她的事，而二姑母和她從來說不到一塊兒。她好像願意和我們孩子親近，卻找不到途徑。

有一次我母親要招待一位年已半老的新娘子。三姑母建議我們孩子開個歡迎會，我做主席致辭，然後送上茶點，同時演個節目助興。我在學校厭透了這一套，可是不敢違拗，勉強從命。新娘是蘇州舊式小姐，覺得莫名其妙，只好勉強敷衍我們。我父親常取笑三姑母是「大教育家」，我們卻不愛受教育，對她敬而遠之。

家庭裏的細是細非確是「清官難斷」，因爲往往只是個立場問題。三姑母愛惜新房子和新漆的地板，叫我的弟弟妹妹脫了鞋進屋。她自己是「解放腳」，脫了鞋不好走路，況且她的鞋是乾淨的。孩子在後園玩，鞋底不免沾些泥土，而孩子穿鞋脫鞋很方便。可是兩個弟弟不服，去問父親：「爸爸，到旱船去要脫鞋嗎？」我父親不知底裏，只說「不用」。弟弟便嘀咕：「爸爸沒叫我們脫鞋。她自己不脫，倒叫我們脫！」他們穿著鞋進去，覺得三姑母不歡迎，便乾脆不到她那邊去了。

三姑母準覺得孩子不如小牲口容易親近。我父親愛貓，家裏有好幾隻貓。貓也各有各的性格。我們最不喜歡一隻金銀眼的純白貓，因爲牠見物不見人，最無情；好好兒給牠吃東西，牠必定作勢用爪子一搶而去。我們稱牠爲「強盜貓」。我最小的妹妹楊必是全家的寶貝。她最愛貓，一兩歲的時候，如果自個兒一人乖乖地坐著，動都不動，一臉稱心滿意的樣兒，準是身邊偎著一隻貓。一次她去撫弄「強盜貓」，挨了貓咪一巴掌，鼻子都抓破，氣得傷心大哭。從此「強盜貓」成了我們的公敵。三姑母偏偏同情這隻金銀眼兒，常像抱女兒似的抱著牠，代牠申訴委屈似的說：「咱們頂標致的！」她出門回來，便抱著「強盜貓」說：「小可憐兒，給他們欺負得怎樣了？」三姑母就和「強盜貓」同在一個陣營，成了我們的敵人。

三姑母非常敏感，感覺到我們這羣孩子對她不友好。也許她以爲我是頭兒，其實我住宿在校，並未帶頭，只是站在弟弟妹妹一邊。那時大姊在上海教書，三姊病休在家。三姑母不再喜歡我，她喜歡三姊姊了。

一九二七年冬，三姊訂婚，三姑母是媒人。她一片高興，要打扮「新娘」。可是三姑母和二姑母一樣，從來不會打扮。我母親是好皮膚，不用脂粉，也不許女兒搽脂抹粉。我們姊妹沒有化妝品，只用甘油搽手搽臉。我和三姊剛剛先後剪掉辮子，姊妹倆互相理髮，各剪個童化頭，出門換上「出客衣服」，便是打扮了。但訂婚也算個典禮，並在花園飯店備有酒席。訂婚禮前夕，三姑母和二姑母都很興頭，要另式另樣地打扮三姊。三姑母一手拿一支簪子，一手拿個梳子，把三姊的頭髮挑過來又梳過去，挑出種種幾何形（三姑母是愛好數理的）：正方形、長方形、扁方形、正圓形、橢圓形，還眞來個三角形，末了又饒上一個桃兒形，好像要梳小辮兒似的。挑了半天也不知怎麼辦。二姑母拿著一把剪子把三姊的頭髮修了又修，越修越短。三姊乖乖地隨她們擺布，毫不抗議。我母親也不來干涉，只我站在旁邊乾著急。姊姊的頭髮實在給剪得太短了；梳一梳，一根根直往上翹。還虧二姑母花樣多。當時流行用黑色閃光小珠子釘在衣裙的邊上，或穿織成手提袋。二姑母教我們用細銅絲把小黑珠子穿成一個花箍，箍在髮上。幸虧是三姊，怎麼樣兒打扮都行。她戴上珠箍，還頂漂亮。

三姊結婚，婚禮在我家舉行，新房也暫設我家，因爲姊夫在上海還沒找妥房子。鋪新床按老規矩得請「十全」的「吉利人」，像我兩位姑母那樣的「畸零人」得迴避些。我家沒有這種忌諱。她們倆大概由於自己的身世，對那新房看不順眼，進去就大說倒楣話。二姑母說窗簾上的花紋像一滴滴眼淚。三姑母說新床那麼講究，將來出賣値錢。事後我母親笑笑說：「她們算是慪我生氣的。」

我母親向來不尖銳，她對人事的反應總是慢悠悠的。如有誰當面損她，她好像不知不覺，事後才笑說：「她算是罵我的。」她不會及時反擊，事後也不計較。

我母親最憐憫三姑母早年嫁傻子的遭遇，也最佩服她「個人奮鬥」的能力。我有時聽到父母親議論兩個姑母。父親說：「粉官（二姑母的小名）『莫知莫覺』（指對人漠無感情），申官『細膩惡心』（指多心眼兒）。」母親只說二姑母「獨幅心思」，卻爲三姑母辯護，說她其實是賢妻良母，只爲一輩子不得意，變成了那樣兒。我猜想三姑母從蔣家回娘家的時候，大約和我母親比較親密。她們在務本女中也算是同過學。我覺得母親特別縱容三姑母。三姑母要做襯衣——她襯衣全破了，我母親怕裁縫做得慢，爲她買了料子，親自裁好，在縫衣機上很快的給趕出來。三姑母好像那是應該的，還嫌好道壞。她想吃什麼菜，只要開一聲口，母親特地爲她下廚。菜端上桌，母親說，這是三伯伯要吃的，我們孩子從不下筷。我母親往往是末後一個坐下吃飯，也末後一個吃完；她吃得少而慢。有幾次三姑母飯後故意回到飯間去看看，母親忽然聰明說：「她來看我吃什麼好菜呢。」說著不禁笑了，因爲她吃的不過是剩菜。可是她也並不介意。

我們孩子總覺得兩個姑母太自私也太自大了。家務事她們從不過問。三姑母更有一套道理。她說，如果自己動手抹兩回桌子，她們（指女傭）就成了規矩，從此不給抹了。我家傭人總因爲「姑太太難伺候」而辭去，所以我家經常換人。這又給我母親添造麻煩。我們孩子就嘀嘀咕咕，母親聽見了就要訓斥我們：「老小（小孩子）勿要刻薄。」有一次，我嘀咕說，三姑母欺負我母親。母親一本正經對我說：「你倒想想，她，怎麼能欺負我？」當然這話很對。我母親是一家之主（父親全聽她的），三姑母只是寄居我家。可是我和弟弟妹妹心上總不服氣。

有一次，我們買了一大包燙手的糖炒熱栗子。我母親吃什麼都不熱心，好的要留給別人吃，不好的她也不貪吃，可是對這東西卻還愛吃。我們剝到軟而潤的，就偷偷兒揣在衣袋裏。大家不約而同的「打偏手」，一會兒把大包栗子吃完。二姑母並沒在意，三姑母卻精細，她說：「這麼大一包呢，怎麼一會兒就吃光了？」我們都呆著臉。等兩個姑母回房，我們各掏出一把最好的栗子獻給母親吃。母親責備了我們幾句，不過責備得很溫和；她只略吃幾顆，我們樂呵呵地把剩下的都吃了，絕沒有爲三姑母著想。她準覺得吃幾顆栗子，我們都聯著幫擠她。我母親訓我們的話實在沒錯，我們確是刻薄了，只覺得我們好好一個家，就多了這兩個姑母。而在她們看來，哥哥的家就是她們自己的家，只覺得這羣姪兒女太驕縱，遠不像她們自己的童年時候了。

二姑母自己會消遣，很自得其樂。她獨住一個小院，很清靜。她或學字學畫，或讀詩看小說，或做活兒，或在後園拔草種花。她有方法把雞冠花夾道種成齊齊兩排，一棵棵都桿兒矮壯，花兒肥厚，顏色各各不同，有洋紅、橘黃、蘋果綠等等。她是我父親所謂「最沒有煩惱的人」。

三姑母正相反。她沒有這種閒情逸致，也不會自己娛樂。有時她愛看個電影，不願一人出去，就帶著我們一羣孩子，可是只給我們買半票。轉眼我十七八歲，都在蘇州東吳大學上學了，她還給買半票。大弟長得高，七妹小我五歲，卻和我看似雙生。這又是三姑母買半票的一個理由，她說我們只是一羣孩子。我們寧可自己買票，但是不敢說。電影演到半中間，查票員命令我們補票，三姑母就和他爭。我們都窘得很，不願跟她出去，尤其是我。她又喜歡聽說書。我家沒人愛「聽書」，父親甚至笑她「低級趣味」。蘇州有些人家請一個說書的天天到家裏來說書，並招待親友聽書。有時一兩家合請一個說書的，輪流做東。三姑母就常到相識的人家去聽書。有些聯合作東的人家並不歡迎她，她也不覺得，或是不理會。她喜歡趕熱鬧。

她好像有很多活動，可是我記不清她做什麼工作。一九二七年左右她在蘇州女師任教。一九二九年，蘇州東吳大學聘請她教日語，她欣然應聘，還在女生宿舍要了一間房，每周在學校住幾天。那時候她養著幾隻貓和一隻小狗；狗和貓合不到一處，就把小狗放在宿舍裏。這可激怒了全宿舍的女學生，因為她自己回家了，卻把小狗鎖在屋裏。狗汪汪地叫個不停，鬧得四鄰學生課後不能在宿舍裏溫習功課，晚上也不得安靜。寒假前大考的時候，有一晚大雪之後，她叫我帶她的小狗出去，給牠「把屎」。幸虧我不是個「抱佛腳」的，可是我實在不知道怎樣「把屎」，只牽著狗在雪地裏轉了兩圈，回去老實說小狗沒拉屎。三姑母很不滿意，忍住了沒說我。管女生的舍監是個美國老姑娘，她到學期終了，請我轉告三姑母：宿舍裏不便養狗。也許我應該叫她自己和我姑母打交道，可是我覺得這話說不出口。我不記得自己是怎樣傳話的，反正三姑母很惱火，把怨毒都結在我身上，而把所傳的話置之不理。春季開學不久，她那隻狗就給人毒死了。

不久學校裏出了一件事。大學附中一位美國老師帶領一隊學生到黑龍潭（一個風景區）春遊，事先千叮萬囑不許下潭游泳，因為水深湍急，非常危險。有個學生偷偷跳下水去，給捲入急湍。老師得知，立即跳下水去營救。據潭邊目擊的學生說：老師揪住溺者，被溺者拖下水去；老師猛力掙脫溺者，再去撈他，水裏出沒幾回，沒有撈到，最後力竭不支，只好掙扎上岸。那孩子就淹死了。那位老師是個很老實的人，他流涕自責沒盡責任，在生死關頭一剎那間，他想到了自己的妻子兒女，沒有捨生忘死。當時輿論認爲老師已經盡了責任，即使賠掉性命，也沒法救起溺者。校方爲這事召開了校務會議，想必是商量怎樣向溺者家長交代。參與會議的大多是洋人，校方器重三姑母，也請她參加了。三姑母在會上卻責怪那位老師沒捨命相救，會後又自覺失言。捨生忘死，只能要求自己，不能責求旁人；校方把她當自己人，才請她參與會議，商量辦法，沒要她去苛責那位惶恐自愧的老師。

她懊悔無及，就想請校委會的人吃一頓飯，大概是表示歉意。她在請客前一天告訴我母親「明天要備一桌酒」，在我家請客；她已約下了客人。一桌酒是好辦的，可是招待外賓，我家不夠標準。我們的大廳高大，棟樑間的積塵平日打掃不到，後園也不夠整潔。幸虧我母親人緣好，她找到本巷「地頭蛇」，立即僱來一羣年富力強的小夥子，只半天工夫便把房子前前後後打掃乾淨。一羣洋客人到了我家，對我父母大誇我；回校又對我大誇我家。我覺得他們和三姑母的關係好像由緊張又緩和下來。

三姑母請客是星期六，客散後我才回家，走過大廳後軒，看見她一人在廳上兜兜轉，嘴裏喃喃自罵：「死開蓋！」「開蓋貨！」罵得咬牙切齒。我進去把所見告訴母親。母親嘆氣說：「嗐，我叫她請最貴的，她不聽。」原來三姑母又嫌菜不好，簡慢了客人。其實酒席上偶有幾個菜不如人意，也是小事。說錯話、做錯事更是人之常情，值不當那麼懊惱。我現在回頭看，才了解我當時看到的是一個傷殘的心靈。她好像不知道人世間有同情，有原諒，只覺得人人都叮著責備她，人人都嫌棄她，而她又老是那麼「開蓋」。

學校裏接著又出一件事。有個大學四年級的學生自稱「怪物」，有意幹些怪事招人注意。他穿上戲裏紈袴少爺的花緞袍子，鑲邊馬褂，戴著個紅結子的瓜皮帽，跑到街上去挑糞；或叫洋車夫坐在洋車上，他拉著車在鬧市跑。然後又招出一個「二怪物」。「大怪物」和大學的門房交了朋友，一同拉胡琴唱戲。他違犯校規，經常夜裏溜出校門，半夜門房偷放他進校。學校就把「大怪物」連同門房一起開除。三姑母很可能吃了「怪物」灌她的「米湯」而對這「怪物」有好感，她認為年輕人胡鬧不足怪，四年級開除學籍就影響這個青年的一輩子。她和學校意見不合，就此辭職了。

那時我大弟得了肺結核症。三姑母也許是怕傳染，也許是事出偶然，她「典」③了一個大花園裏的兩座房屋，一座她已經出租，另一座楠木樓留著自己住。我母親為大弟的病求醫問藥忙得失魂落魄，卻還為三姑母置備了一切日常用具，而且細心周到，還為她備了煤油爐和一箱煤油。三姑母搬入新居那天，母親命令我們姊妹和小弟弟大夥兒都換上漂亮的衣服送搬家。我認為送搬家也許得幫忙，不懂為什麼要換漂亮衣裳。三姑母典的房子在婁門城牆邊，地方很偏僻。聽說原來的園主爲建造那個花園慘淡經營，未及竣工，他已病危，勉強坐了轎子在園內遊覽一遍便歸天去了。花園確還像個花園，有亭台樓閣，有假山，有荷池，還有個湖心亭，有一座九曲橋。園內蒼松翠柏各有姿致，相形之下，才知道我們後園的樹木多麼平庸。我們回家後，母親才向我們講明道理。三姑母是個孤獨的人，脾氣又壞——她和管園產的經紀人已經吵過兩架，所以我們得給她裝裝場面，讓人家知道她親人不少，而且也不是貧寒的。否則她在那種偏僻的地方會受欺，甚至受害。

三姑母搬出後，我們才知道她搬家也許還是「怪物」促成的。他介紹自己的一個親戚叫「黃少奶」爲三姑母管理家務。三姑母早已買下一輛包車，又僱了一個車夫，一個女傭，再加有人管家，就可以自立門戶了。她竭力要拼湊一個像樣的家，還問我大伯母要了一個孫女兒。她很愛那個孩子，孩子也天眞可愛，可是一經她精心教育，孩子變成了一個懂事的小養媳婦兒。不巧我嬸母偶到三姑母家去住了一夜，便向大伯母訴說三姑母家的情況，還說孩子瘦了。大伯母捨不得，忙把孩子討回去。

三姑母家的女傭總用不長，後來「黃少奶」也辭了她。我母親爲她置備的煤油爐成了她的要緊用具。她沒有女傭，就坐了包車到我家來吃飯。那時候我大弟已經去世，她常在我們晚飯後乘涼的時候，忽然帶著車夫來吃晚飯。天熱，當時還沒有冷藏設備，廚房裏怕剩飯剩菜餿掉，盡量吃個精光。她來了，母親得設法安排兩個人的飯食。時常特地爲她留著晚飯，她又不來，東西都餿掉。她從不肯事先來個電話，彷彿故意搗亂。所以她來了，我和弟弟妹妹在後園躲在花木深處，黑地裏裝作不知道。大姊姊最識體，總是她敷衍三姑母，陪她說話。

她不會照顧自己，生了病就打電話叫我母親去看她。母親帶了大姊姊同去伺候，還得包半天的車，因爲她那裏偏僻，車夫不肯等待，附近也叫不到車。一次母親勸她搬回來住，她病中也同意，可是等我母親作好種種準備去接她，她又變卦了。她是好動的，喜歡坐著包車隨意出去串門。我們家的大門雖然有六扇，日常只開中間兩扇。她那輛包車特大，門裏走不進——只差兩分，可是門不能擴大，車也不能削小。她要是回我們家住，她那輛車就沒處可放。

她有個相識的人善「灌米湯」，常請她吃飯，她很高興，不知道那人請飯不是白請的。他陸續問我三姑母借了好多錢，造了新房子，前面還有個小小的花園。三姑母要他還錢的時候，他就推諉不還，有一次晚上三姑母到他家去討債，那人滅了電燈，放狗出來咬她。三姑母吃了虧，先還不肯對我父母親講，大概是自愧喝了「米湯」上當，後來忍不住才講出來的。

她在一個中學教英文和數學，同時好像在創辦一個中學叫「二樂」，我不大清楚。我假期回家，她就抓我替她改大疊的考卷；瞧我改得快，就說，「到底年輕人做事快」，每學期的考卷都叫我改。她嫌理髮店髒，又抓我給她理髮。父親常悄悄對我說：「你的好買賣來了。」三姑母知道父親袒護我，就越發不喜歡我，我也越發不喜歡她。

一九三五年夏天我結婚，三姑母來吃喜酒，穿了一身白夏布的衣裙和白皮鞋。賀客詫怪，以為她披麻戴孝來了。我倒認為她不過是一般所謂「怪僻」。一九二九年她初到東吳教課，做了那一套細夏布的衣裙，穿了還是很「帥」的。可是多少年過去了，她大概沒有添做過新衣。我母親為我大弟的病、大弟的死、接下父親又病，沒心思顧她。她從來不會自己打扮，也瞧不起女人打扮。

我記得那時候她已經在盤門城河邊買了一小塊地，找匠人蓋了幾間屋。不久她退掉典來的花園房子，搬入新居。我在國外，她的情況都是大姊姊後來告訴我的。日寇侵佔蘇州，我父母帶了兩個姑母一同逃到香山暫住。香山淪陷前夕，我母親病危，兩個姑母往別處逃避，就和我父母分手了。我母親去世後，父親帶著我的姊姊妹妹逃回蘇州，兩個姑母過些時也回到蘇州，各回自己的家（二姑母已抱了一個不認識的孩子做孫女，自己買了房子）。三姑母住在盤門，四鄰是小戶人家，都深受敵軍的蹂躪。據那裏的傳聞，三姑母不止一次跑去見日本軍官，責備他縱容部下姦淫擄掠。軍官就勒令他部下的兵退還他們從三姑母四鄰搶到的財物。街坊上的婦女怕日本兵挨戶找「花姑娘」，都躲到三姑母家裏去。一九三八年一月一日，兩個日本兵到三姑母家去，不知用什麼話哄她出門，走到一座橋頂上，一個兵就向她開一槍，另一個就把她拋入河裏。她們發現三姑母還在游泳，就連發幾槍，看見河水泛紅，才揚長而去。鄰近爲她造房子的一個木工把水裏撈出來的遺體入殮。棺木太薄，不管用，家屬領屍的時候，已不能更換棺材，也沒有現成的特大棺材可以套在外面，只好趕緊在棺外加釘一層厚厚的木板。

一九三九年我母親安葬靈岩山的繡谷公墓。二姑母也在那公墓爲三姑母和她自己合買一塊墓地。三姑母和我母親是同日下葬的。我看見母親的棺材後面跟著三姑母的奇模怪樣的棺材，那些木板是倉卒間合上的，來不及刨光，也不能上漆。那具棺材，好像象徵了三姑母坎坷彆扭的一輩子。

我母親曾說：「三伯伯其實是賢妻良母。」我父親只說：「申官如果嫁了一個好丈夫，她是個賢妻良母。」我覺得父親下面半句話沒說出來。她脫離蔣家的時候還很年輕，盡可以再嫁人。可是據我所見，她掙脫了封建家庭的桎梏，就不屑做什麼賢妻良母。她好像忘了自己是女人，對戀愛和結婚全不在念。她跳出家庭，就一心投身社會，指望有所作爲。她留美回國，做了女師大的校長，大約也自信能有所作爲。可是她多年在國外埋頭苦讀，沒看見國內的革命潮流；她不能理解當前的時勢，她也沒看清自己所處的地位。如今她已作古人；提及她而罵她的人還不少，記得她而知道她的人已不多了。

註釋

①中英對照，在商務印書館出版的《英文雜誌》（*English Student*）第一卷第一期起連載，後由商務出單行本。

②日本友人中島碧教授據該校保存的資料查明是一九一三年。

③即活買，期滿賣主可用原價贖回。

記錢鍾書與《圍城》*

自從一九八〇年《圍城》在國內重印以來，我經常看到鍾書對來信和登門的讀者表示歉意：或是誠誠懇懇地奉勸別研究什麼《圍城》；或客客氣氣地推說「無可奉告」；或者竟是既欠禮貌又不講情理的拒絕。一次我聽他在電話裏對一位求見的英國女士說：「假如你吃了個雞蛋覺得不錯，何必認識那下蛋的母雞呢？」我直擔心他衝撞人。胡喬木同志偶曾建議我寫一篇〈錢鍾書與《圍城》〉。我確也手癢，但以我的身分，容易寫成鍾書所謂「亡夫行述」之類的文章。不過我既不稱讚，也不批評，只據事紀實；鍾書讀後也承認沒有失真。這篇文章原是朱正同志所編「駱駝叢書」中的一冊，也許能供《圍城》的偏愛者參考之用。

一九八五年十二月

錢鍾書寫《圍城》

錢鍾書在《圍城》的序裏說，這本書是他「錙銖積累」寫成的。我是「錙銖積累」讀完的。每天晚上，他把寫成的稿子給我看，急切地瞧我怎樣反應。我笑，他也笑；我大笑，他也大笑。有時我放下稿子，和他相對大笑，因為笑的不僅是書上的事，還有書外的事。我不用說明笑什麼，反正彼此心照不宣。然後他就告訴我下一段打算寫什麼，我就急切地等著看他怎麼寫。他平均每天寫五百字左右。他給我看的是定稿，不再改動。後來他對這部小說以及其他「少作」都不滿意，恨不得大改特改，不過這是後話了。

鍾書選注宋詩，我曾自告奮勇，願充白居易的「老嫗」——也就是最低標準；如果我讀不懂，他得補充注釋。可是在《圍城》的讀者裏，我卻成了最高標準。好比學士通人熟悉古詩文裏詞句的來歷，我熟悉故事裏人物和情節的來歷。除了作者本人，最有資格為《圍城》做注釋的，該是我了。

看小說何需注釋呢？可是很多讀者每對一本小說發生興趣，就對作者也發生興趣，並把小說裏的人物和情節當作真人實事。有的乾脆把小說的主角視為作者本人。高明的讀者承認作者不能和書中人物等同，不過他們說，作者創造的人物和故事，離不開他個人的經驗和思想感情。這話當然很對。可是我曾在一篇文章裏指出：創作的一個重要成分是想像，經驗好比黑暗裏點上的火，想像是這個火所發的光；沒有火就沒有光，但光照所及，遠遠超過火點兒的大小①。創造的故事往往從多方面超越作者本人的經驗。要從創造的故事裏返求作者的經驗是顛倒的。作者的思想情感經過創造，就好比發過酵而釀成了酒；從酒裏辨認釀酒的原料，大非易事。我有機緣知道作者的經歷，也知道釀成的酒是什麼原料，很願意讓讀者看看眞人實事和虛構的人物情節有多大的距離，而且是怎樣的錯亂。許多所謂寫實的小說，其實是改頭換面地敘寫自己的經歷，提升或滿足自己的感情。這種自傳體的小說或小說體的自傳，實在是浪漫的紀實，不是寫實的虛構。而《圍城》只是一部虛構寫實的小說，儘管讀來好像眞有其事，眞有其人，其實全是創造。

《圍城》裏寫方鴻漸本鄉出名的行業是打鐵、磨豆腐，名產是泥娃娃。有人讀到這裏，不禁得意地大哼一聲說：「這不是無錫嗎？錢鍾書不是無錫人嗎？他不也留過洋嗎？不也在上海住過嗎？不也在內地教過書嗎？」有一位專愛考據的先生，竟推斷出錢鍾書的學位也靠不住，方鴻漸就是錢鍾書的結論更可以成立了。

錢鍾書是無錫人，一九三三年畢業清華大學，在上海光華大學教了兩年英語，一九三五年考取英庚款到英國牛津留學，一九三七年得文學學士（B. Litt.）學位，然後到法國，入巴黎大學進修。他本想讀學位，後來打消了原意。一九三八年，清華大學聘他為教授，據那時候清華的文學院長馮友蘭先生來函說，這是破例的事，因為按清華舊例，初回國教書只當講師，由講師升副教授，然後升為教授。鍾書九、十月間回國，在香港上岸，轉昆明到清華任教。那時清華已併入西南聯大。他父親原是國立浙江大學教授，應老友廖茂如先生懇請，到湖南藍田幫他創建國立師範學院；他母親弟妹等隨叔父一家逃難住上海。一九三九年秋，鍾書自昆明回上海探親後，他父親來信來電，說自己老病，要鍾書也去湖南照料。師範學院院長廖先生來上海，反覆勸說他去當英文系主任，以便伺候父親，公私兼顧。這樣，他就未回昆明而到湖南去了。一九四〇年暑假，他和一位同事結伴回上海探親，道路不通，半途折回。一九四一年暑假，他由廣西到海防搭海輪到上海，準備小住幾月再回內地。西南聯大外語系主任陳福田先生在秋季開學以後到上海相訪，約他再回聯大，錢鍾書沒有應聘。值珍珠港事變，他就淪陷在上海了。他寫過一首七律〈古意〉，內有一聯說：「槎通碧漢無多路，夢入紅樓第幾層」，另一首〈古意〉又說：「心如紅杏專春鬧，眼似黃梅詐雨晴」，都是寄託當時羈居淪陷區的悵惘情緒。《圍城》是淪陷在上海的時期寫的。

鍾書和我一九三二年春在清華初識，一九三三年訂婚，一九三五年結婚，同船到英國

（我是自費留學），一九三七年秋同到法國，一九三八年秋同船回國。我母親一年前去世，我蘇州的家已被日寇搶劫一空，父親避難上海，寄居我姊夫家。我急著要省視老父，鍾書在香港下船到昆明，我乘原船直接到上海。當時我中學母校的校長留我在「孤島」的上海建立「分校」。兩年後上海淪陷，「分校」停辦，我暫當家庭教師，又在小學代課，業餘創作話劇。鍾書陷落上海沒有工作，我父親把自己在震旦女子文理學院授課的鐘點讓給他，我們就在上海艱苦度日。

有一次，我們同看我編寫的話劇上演，回家後他說：「我想寫一部長篇小說！」我大高興，催他快寫。那時他正在偷空寫短篇小說，怕沒有時間寫長篇。我說不要緊，他可以減少授課的時間，我們的生活很省儉，還可以更省儉。恰好我們的女傭因家鄉生活好轉要回去。我不勉強她，也不另覓女傭，只把她的工作自己兼任了。劈柴生火燒飯洗衣等等我是外行，經常給煤煙染成花臉，或熏得滿眼是淚，或給滾油燙出泡來，或切破手指。可是我急切要看鍾書寫《圍城》（他已把題目和主要內容和我講過），做灶下婢也心甘情願。

《圍城》是一九四四年動筆，一九四六年完成的。他就像原〈序〉所說：「兩年裏憂世傷生」，有一種惶急的情緒，又忙著寫《談藝錄》；他三十五歲生日詩裏有一聯：「書癖鑽窗蜂未出，詩情繞樹鵲難安」，正是寫這種兼顧不來的心境。那時候我們住在錢家上海避難的大家庭裏，包括鍾書父親一家和叔父一家。兩家同住分炊。鍾書的父親一直在外地，鍾書的弟弟妹妹弟媳和姪兒女等已先後離開上海，只剩他母親沒走，還有一個弟弟單身留在上海；所謂大家庭也只像個小家庭了。

以上我略敘鍾書的經歷、家庭背景和他撰寫《圍城》時的處境，爲作者寫個簡介。下面就要爲《圍城》做些注解，讓讀者明白：《圍城》只是小說，是創作而不是傳記。

鍾書從他熟悉的時代、熟悉的地方、熟悉的社會階層取材。但組成故事的人物和情節全屬虛構。儘管某幾個角色稍有眞人的影子，事情都子虛烏有；某些情節略具眞實，人物卻全是捏造的。

方鴻漸取材於兩個親戚：一個志大才疏，常滿腹牢騷；一個狂妄自大，愛自吹自唱。兩人都讀過《圍城》，但是誰也沒自認爲方鴻漸，因爲他們從未有方鴻漸的經歷。鍾書把方鴻漸作爲故事的中心，常從他的眼裏看事，從他的心裏感受。不經意的讀者會對他由了解而同情，由同情而關切，甚至把自己和他合而爲一。許多讀者以爲他就是作者本人。法國十九世紀小說《包法利夫人》的作者福婁拜說：「包法利夫人，就是我。」那麼，錢鍾書照樣可說：「方鴻漸，就是我。」不過還有許多男女角色都可說是錢鍾書，不光是方鴻漸一個。方鴻漸和錢鍾書不過都是無錫人罷了，他們的經歷遠不相同。

我們乘法國郵船阿多士II（Athos II）回國，甲板上的情景和《圍城》裏寫的很像，包括法國警官和猶太女人調情，以及中國留學生打麻將等等。鮑小姐卻純是虛構。我們出國時同船有一個富有曲線的南洋姑娘，船上的外國人對她大有興趣，把她看作東方美人。我們在牛津認識一個由未婚夫資助留學的女學生，聽說很風流。牛津有個研究英國語文的埃及女學生，皮膚黑黑的，我們兩人都覺得她很美。鮑小姐是綜合了東方美人、風流未婚妻和埃及美人而摶捏出來的。鍾書曾聽到中國留學生在郵船上偷情的故事，小說裏的方鴻漸就受了鮑小姐的引誘。鮑魚之肆是臭的，所以那位小姐姓鮑。

蘇小姐也是東鱗西瓜湊成的：相貌是經過美化的一個同學，心眼和感情屬於另一人，這人可一點不美；走單幫販私貨的又另是一人。蘇小姐作的那首詩是鍾書央我翻譯的；他囑我不要翻得好，一般就行。蘇小姐的丈夫是另一個同學，小說裏亂點了鴛鴦譜。結婚穿黑色禮服、白硬領圈給汗水浸得又黃又軟的那位新郎，不是別人，正是鍾書自己。因為我們結婚的黃道吉日是一年裏最熱的日子。我們的結婚照上，新人、伴娘、提花籃的女孩子、提紗的男孩子，一個個都像剛被警察拿獲的扒手。

趙辛楣是由我們喜歡的一個五六歲的男孩子變大的，鍾書為他加上了二十多歲年紀。這孩子至今沒有長成趙辛楣，當然也不可能有趙辛楣的經歷。如果作者說：「方鴻漸，就是我」，他準也會說：「趙辛楣，就是我。」

有兩個不甚重要的人物有眞人的影子，作者信手拈來，未加融化，因此那兩位相識都「對號入座」了。一位滿不在乎，另一位聽說很生氣。鍾書誇張了董斜川的一個方面，未及其他。但董斜川的談吐和詩句，並沒有一言半語抄襲了現成，全都是捏造的。褚愼明和他的影子並不對號。那個影子的眞身比褚愼明更誇張些呢。有一次我和他同乘火車從巴黎郊外進城，他忽從口袋裏掏出一張紙，上面開列了少女選擇丈夫的種種條件，如相貌、年齡、學問、品性、家世等等共十七八項，逼我一一批分數，並排列先後。我知道他的用意，也知道他的對象，所以小心翼翼地應付過去。他接著氣呼呼地對我說：「她們說他（指鍾書）『年少翩翩』，你倒說說，他『翩翩』不『翩翩』。」我應該厚道些，老實告訴他，我初識鍾書的時候，他穿一件青布大褂，一雙毛布底鞋，戴一副老式大眼鏡，一點也不「翩翩」。可是我瞧他認為我該和他站在同一立場，就忍不住淘氣說：「我當然最覺得他『翩翩』。」他聽了佛然，半天不言語。後來我稱讚他西裝筆挺，他驚喜說：「眞的嗎？我總覺得自己的衣服不挺，每星期洗熨一次也不如別人的挺。」我肯定他衣服確實筆挺，他才高興。其實，褚愼明也是個複合體，小說裏的那杯牛奶是另一人喝的。那人也是我們在巴黎的同伴，他尚未結婚，曾對我們講：他愛「天仙的美」，不愛「妖精的美」。他的一個朋友卻欣賞「妖精的美」，對一個牽狗的妓女大有興趣，想「叫一個局」，把那妓女請來同喝點什麼談談話。有一晚，我們一群人同坐咖啡館，看見那個牽狗的妓女進另一家咖啡館去了。「天仙美」的愛慕者對「妖精美」的愛慕者自告奮勇說：「我給你去把她找來。」他去了好久不見回來，鍾書說：「別給蜘蛛精網在盤絲洞裏了，我去救他吧。」鍾書跑進那家咖啡館，只見「天仙美」的愛慕者獨坐一桌，正在喝一杯很燙的牛奶，四圍都是妓女，在竊竊笑他。鍾書「救」了他回來。從此，大家常取笑那杯牛奶，說如果叫妓女，至少也該喝杯啤酒，不該喝牛奶。準是那杯牛奶作祟，使鍾書把褚慎明拉到飯館去喝奶；那大堆的藥品準也是即景生情，由那杯牛奶生發出來的。

方遯翁也是個複合體。讀者因爲他是方鴻漸的父親，就確定他是鍾書的父親，其實方遯翁和他父親只有幾分相像。我和鍾書訂婚前後，鍾書的父親擅自拆看了我給鍾書的信，大爲讚賞，直接給我寫了一封信，鄭重把鍾書託付給我。這很像方遯翁的作風。我們淪陷在上海時，他來信說我「安貧樂道」，這也很像方遯翁的語氣。可是，如說方遯翁有二三分像他父親，那麼，更有四五分是像他叔父，還有幾分是捏造，因爲親友間常見到這類的舊式家長。鍾書的父親和叔父都讀過《圍城》。他父親莞爾而笑；他叔父的表情我們沒看見。我們夫婦常私下捉摸，他們倆是否覺得方遯翁和自己有相似之處。

唐曉芙顯然是作者偏愛的人物，不願意把她嫁給方鴻漸。其實，作者如果讓他們成爲眷屬，由眷屬再吵架鬧翻，那麼，結婚如身陷圍城的意義就闡發得更透徹了。方鴻漸失戀後，說趙辛楣如果娶了蘇小姐也不過爾爾，又說結婚後會發現娶的總不是意中人。這些話都很對。可是他究竟沒有娶到意中人，他那些話也就可釋爲聊以自慰的話。

至於點金銀行的行長，「我你他」小姐的父母等等，都是上海常見的無錫商人，我不再一一注釋。

我愛讀方鴻漸一行五人由上海到三閭大學旅途上的一段。我沒和鍾書同到湖南去，可是他同行五人我全認識，沒一人和小說裏的五人相似，連一絲影兒都沒有。王美玉的臥房我倒見過：床上大紅綢面的被子，疊在床裏邊；桌上大圓鏡子，一個女人脫了鞋坐在床邊上，旁邊煎著大半臉盆的鴉片。那是我在上海尋找住房時看見的，向鍾書形容過。我在清華做學生的時期，春假結伴旅遊，夜宿荒村，睡在鋪乾草的泥地上，入夜夢魘，身下一個小娃娃直對我嚷：「壓住了我的紅棉襖」，一面用手推我，卻推不動。那番夢魘，我曾和鍾書講過。蛆叫「肉芽」，我也曾當作新鮮事告訴鍾書。鍾書到湖南去，一路上都有詩寄我。他和旅伴遊雪竇山，有紀遊詩五古四首，我很喜歡第二第三首，我不妨抄下，作爲眞人實事和小說的對照。

天風吹海水，屹立作山勢；
浪頭飛碎白，積雪疑幾世。
我常觀乎山，起伏有水致；
蜿蜒若沒骨，皺具波濤意。
乃知水與山，思各出其位，
譬如豪傑人，異量美能備。
固哉魯中叟，祇解別仁智。

山容太古靜，而中藏瀑布，
不捨晝夜流，得雨勢更怒。
辛酸亦有淚，貯胸敢傾吐；
略似此山然，外勿改其度。
相契默無言，遠役喜一晤。
微恨多遊蹤，藏焉未為固。
衷曲莫浪陳，悠悠彼行路。

小說裏只提到遊雪竇山，一字未及遊山的情景。遊山的自是遊山的人，方鴻漸、李梅亭等正忙著和王美玉打交道呢。足見可捏造的事豐富得很，實事盡可拋開，而且實事也擠不進這個捏造的世界。

李梅亭途遇寡婦也有些影子。鍾書有一位朋友是忠厚長者，旅途上碰到一個自稱落難的寡婦，那位朋友資助了她，後來知道是上當。我有個同學綽號「風流寡婦」，我曾向鍾書形容她臨睡洗去脂粉，臉上眉眼口鼻都沒有了。大約這兩件不相干的事湊出來一個蘇州寡婦，再碰上李梅亭，就生出「倷是好人」等等妙語奇文。

汪處厚的夫人使我記起我們在上海一個郵局裏看見的女職員。她頭髮枯黃，臉色蒼白，眼睛斜撇向上，穿一件淺紫色麻紗旗袍。我曾和鍾書講究，如果她皮膚白膩而頭髮細軟烏黑，淺紫的麻紗旗袍換成線條柔軟的深紫色綢旗袍，可以變成一個美人。汪太太正是這樣一位美人，我見了似曾相識。

范小姐、劉小姐之流想必是大家熟悉的，不必再介紹。孫柔嘉雖然跟著方鴻漸同到湖南又同回上海，我卻從未見過。相識的女人中間（包括我自己），沒一個和她相貌相似。但和她稍多接觸，就發現她原來是我們這個圈子裏最尋常可見的。她受過高等教育，沒什麼特長，可也不笨；不是美人，可也不醜；沒什麼興趣，卻有自己的主張。方鴻漸「興趣很廣，毫無心得」；她是毫無興趣而很有打算。她的天地極小，只局限在「圍城」內外。她所享的自由也有限，能從城外擠入城裏，又從城裏擠出城外。她最大的成功是嫁了一個方鴻漸，最大的失敗也是嫁了一個方鴻漸。她和方鴻漸是芸芸知識分子間很典型的夫婦。孫柔嘉聰明可喜的一點是能畫出汪太太的「扼要」：十點紅指甲，一張紅嘴唇。一個年輕女子對自己又羨又妒又瞧不起的女人，會有這種尖刻。但這點聰明還是鍾書賦與她的。鍾書慣會抓住這類「扼要」，例如他能抓住每個人聲音裏的「扼要」，由聲音辨別說話的人，儘管是從未識面的人。

也許我正像堂吉訶德那樣，揮劍搗毀了木偶戲台，把《圍城》裏的人物斫得七零八落，滿地都是硬紙做成的斷肢殘骸。可是，我逐段閱讀這部小說的時候，使我放下稿子大笑的，並不是發現了眞人實事，卻是看到眞人實事的一鱗半爪，經過拼湊點化，創出了從未相識的人，揑造了從未想到的事。我大笑，是驚喜之餘，不自禁地表示「我能拆穿你的西洋鏡」。鍾書陪我大笑，是了解我的笑，承認我笑得不錯，也帶著幾分得意。

可能我和堂吉訶德一樣，做了非常掃興的事。不過，我相信，這一來可以說明《圍城》絕非眞人實事。

註釋

＊本文原分兩部分：一錢鍾書寫《圍城》，二寫《圍城》的錢鍾書。第二部分已收入《我們仨》（時報出版，二〇〇三年八月）書中，故此處從略。

①參看我的〈事實—故事—眞實〉一文（《文學評論》一九八〇年第三期十七頁）。

收藏了十五年的附識

我寫完〈記錢鍾書與《圍城》〉，給錢鍾書過目。他提筆蘸上他慣用的淡墨，在我稿子後面一頁稿紙上寫了幾句話。我以爲是稱讚，單給我一人看的，就收下藏好。藏了十五年。

最近我又看到這一頁「錢鍾書識」，恍然明白這句話是寫給別人看的。我怎麼一點沒想到？真是「謙虛」得糊塗了。不過我也糊塗得正好。如果當時和本文一起刊出，讀者豈不笑錢鍾書捧老伴兒！讀者如今看到，會明白這不是稱讚我。他準想到了四十多年前，魔鬼夜訪錢鍾書時諷刺傳記的那番高論。雖然〈記錢鍾書與《圍城》〉之作旨在說明《圍城》絕非傳記，不是爲他立傳；但我畢竟寫了他的往事。所以他特地證明，我寫的都是實情，不屬魔鬼所指的那種傳記。

一九九七年十月九日

以下是他的〈附識〉和附識的墨跡

這篇文章的內容，不但是實情，而且是「祕聞」。要不是作者一點一滴地向我詢問，而且勤奮地寫下來，有好些事跡我自己也快忘記了。文筆之佳，不待言也！

錢鍾書識

一九八二年七月四日①

註釋

①這是寫完文章的日期。此文一九八六年五月才出版，原因是鍾書開始不願發表，說：「以妻寫夫，有吹捧之嫌」。詳見〈我答喬木同志信〉（信存檔）。

這篇文章的內容，不但是實情，而且是「祕聞」。要不是作者一點一滴地向我詢問，而且勤快地寫下來，日子一久，恐怕連我自己也快忘記了。文筆亦佳，不可多得也！

張學良識
一九八二年七月四日

丙午丁未年紀事（烏雲與金邊）

丙午丁未年的大事是「史無前例的文化大革命」。舊社會過來的老知識分子不是「革命」的主要對象，尤其像我這種沒有名位也從不掌權的人，一般只不過陪著挨鬥罷了。這裏所記的是一個「陪鬥者」的經歷，僅僅是這場「大革命」裏的小小一個側面。

一九八六年

一　風狂雨驟

一九六六年八月九日——也就是陰曆丙午年的六月，我下班回家對默存說：「我今天『揪出來了』，你呢？」

他說：「還沒有，快了吧？」

果然三天後他也「揪出來了」。

我問默存：「你是怎麼『揪出來』的？」

他也莫名其妙。「大概是人家貼了我幾張大字報。」

我倒記得很清楚。當時還沒有一張控訴我的大字報，不過我已早知不妙。一次，大會前羣眾傳看一份文件，傳到我近旁就跳過了我，好像沒有我這個人。再一次大會上，忽有人提出：「楊季康，她是什麼人？」並沒有人為我下定義，因為正在檢討另一「老先生」。會後，我們西方文學組的組祕書尷尬著臉對我說：「以後開會，你不用參加了。」我就這樣給「揪出來了」。

「揪出來」的算什麼東西呢，還「妾身未分明」。革命羣眾天天開大會。我們同組「揪出來」的一夥，坐在空落落的辦公室裏待罪。辦公室的四壁貼滿了紅紅綠綠的「語錄」條，有一張上說：拿槍的敵人消滅後，不拿槍的敵人依然存在。一位同夥正坐在這條語錄的對面。他好像阿Q照見了自己癩痢頭上的瘡疤，氣呼呼地換了一個坐位。好在屋裏空位子多的是，我們足有自由隨便就坐，不必面對不愛看的現實。

有一天，報上發表了〈五．一六通知〉。我們在冷冷清清的辦公室裏正把這個文件細細研究，竊竊私議，忽被召去開大會。我們滿以爲按這個指示的精神，革命羣眾該請我們重新加入他們的隊伍。不料大會上羣眾憤怒地控訴我們種種罪行，並公布今後的待遇：一，不發工資，每月發生活費若干元；二，每天上班後，身上掛牌，牌上寫明身分和自己招認並經羣眾審定的罪狀；三，組成勞動隊，行動聽指揮，並由「監管小組」監管。

我回家問默存「你們怎麼樣？」當然，學部各所都是一致的，我們倆的遭遇也相彷彿。他的專職是掃院子，我的專職是掃女廁。我們草草吃過晚飯，就像小學生做手工那樣，認眞製作自己的牌子。外文所規定牌子圓形，白底黑字。文學所規定牌子長方形，黑底白字。我給默存找出一塊長方的小木片，自己用大碗扣在硬紙上畫了個圓圈剪下，兩人各按規定，精工巧製；做好了牌子，工楷寫上自己一款款罪名，然後穿上繩子，各自掛在胸前，互相鑒賞。我們都好像愛麗思夢遊奇境，不禁引用愛麗思的名言：「curiouser and curiouser!」

事情眞是愈出愈奇。學部沒有大會堂供全體開會，只有一個大席棚。有一天大雨驟冷，忽有不知何處闖來造反的紅衛兵，把各所「揪出來」的人都召到大席棚裏，押上台去「示眾」，還給我們都戴上了報紙做成的尖頂高帽。在羣眾憤怒的呵罵聲中，我方知我們這一大羣「示眾」的都是「牛鬼蛇神」。我偷眼看見同夥帽子上都標著名目，如「黑幫」、「國民黨特務」、「蘇修特務」、「反動學術權威」、「資產階級學術權威」等等。我直在猜測自己是個什麼東西。散會我給推推搡搡趕下台，可是我早已脫下自己的高帽子看了一眼。我原來是個「資產階級學者」，自幸級別不高。尖頂高帽都需繳還。帽子上的名目經過規範化，我就升級成了「資產階級學術權威」，和默存一樣。

我和同夥冒雨出席棚，只愁淋成落湯雞，不料從此成了「落水狗」，人人都可以欺凌戲侮，稱爲「揪鬥」。有一天默存回家，頭髮給人剃掉縱橫兩道，現出一個「十」字；這就是所謂「怪頭」。幸好我向來是他的理髮師，趕緊把他的「學士頭」改爲「和尙頭」，抹掉了那個「十」字。聽說他的一個同夥因爲剃了「怪頭」，飽受折磨。理髮店不但不爲他理髮，還給他扣上字紙簍子，命他戴著回家。

我的同夥沒遭這個惡作劇，可是宿舍大院裏立刻有人響應了。有一晚，同宿舍的「牛鬼蛇神」都在宿舍的大院裏挨鬥，有人用束腰的皮帶向我們猛抽。默存背上給抹上唾沫、鼻涕和漿糊，滲透了薄薄的夏衣。我的頭髮給剪去一截。鬥完又勒令我們脫去鞋襪，排成一隊，大家傴著腰，後人扶住前人的背，繞著院子裏的圓形花欄跑圈兒；誰停步不前或直起身子就挨鞭打。發號施令的是一個「極左大娘」——一個老革命職工的夫人；執行者是一羣十幾歲的男女孩子。我們在笑罵聲中不知跑了多少圈，初次意識到自己的腳底多麼柔嫩。等我們能直起身子，院子裏的人已散去大半，很可能是並不欣賞這種表演。我們的鞋襪都已不知去向，只好赤腳上樓回家。

那位「極左大娘」還直在大院裏大聲恫嚇：「你們這種人！當心！把你們一家家掃地出門！大樓我們來住！」她坐在院子中心的水泥花欄上偵察，不時發出警告：「×門×號！誰在撕紙？」「×門×號！誰在燒東西？」一會兒又叫人快到大樓後邊去看看，「誰家煙筒冒煙呢！」夜漸深，她還不睡，卻老在喝問：「×門×號！這會兒幹嘛還亮著燈？」

第二天清晨，我們一夥都給趕往樓前平房的各處院子裏去掃地並清除垃圾。這是前夕不知誰下的命令。我去掃地的幾處，一般都很體諒。有的說，院子已經掃過了，有的象徵性地留著小撮垃圾給我們清除。有一家的大娘卻狠，口口聲聲罵「你們這種人」，命我爬進鐵絲網攔著的小臭旮旯，用手指抓取掃帚掃不到的臭蛋殼和爛果皮。押我的一個大姑娘拿一條楊柳枝作鞭子，抽得我肩背上辣辣地痛。我認識她。我回頭說：「你爸爸也是我們一樣的人。」

因爲我分明看見他和我們一起在席棚裏登台示眾的。那姑娘立起一對眼珠子說：「他和你們不一樣！」隨手就猛抽一鞭。原來她爸爸投靠了什麼有權力的人，確實和我們不一樣了。那位姑娘的積極也是理所當然。

宿舍大院的平房裏忽出現一個十六七歲的紅衛兵。他星期日召集大樓裏的「牛鬼蛇神」去訓話，下令每天清早上班之前，掃大院，清除垃圾，還附帶一連串的禁令：不許喝牛奶，不許吃魚、吃肉、吃雞蛋，只許吃窩窩頭、鹹菜和土豆。當時已經有許多禁令，也不知是誰制定的，如不准戴草帽、不准撐陽傘、不准穿皮鞋等等。我們這羣「牛鬼蛇神」是最馴良、最和順的罪犯，不論誰的命令都一一奉行。因爲一經「揪出」，就不在人民羣眾之中，而在人民羣眾之外，如果抗不受命，就是公然與人民爲敵，「自絕於人民」。「牛鬼蛇神」互相勖勉、互相安慰的「官話」是「相信黨，相信人民」，雖然在那個時候，不知有誰能看清黨在哪裏，人民又是誰。

「極左大娘」不許我家阿姨在我家幹活，因爲她不肯寫大字報罵我。可是她又不准阿姨走，因爲家有阿姨，隨便什麼人隨時可打門進來搜查。默存的皮鞋領帶都給闖來的紅衛兵拿走了，又要拿打字機。阿姨撒謊說是公家的，沒讓拿。我教阿姨推說我們機關不准我家請阿姨，「極左大娘」只好放她走，我才關住了大門。阿姨臨走對我說：「你現在可以看出人的好壞來了——不過，還是好人多。」這當然是她的經驗之談，她是吃過苦的人。我常想：好人多嗎？多的是什麼樣的好人呢？——「究竟還是壞人少」，這樣說倒是不錯的。

「掃地出門」很多地方實行了；至少，造反派隨時可闖來搜查。家家都有「罪證」得銷毀。宿舍裏有個「牛鬼蛇神」撕了好多信，不敢燒，扔在抽水馬桶裏。不料沖到底層，把馬桶堵塞了。住樓下的那位老先生有幸未列爲「權威」，他不敢麻痺大意，忙把馬桶裏的紙片撈出漂淨，敬獻革命羣眾。這就引起宿舍裏又一次「揪鬥」。我回家較晚，進院看見大樓前的台階上站滿了人，大院裏也擠滿了人，有坐的，有站的。王大嫂是花兒匠的愛人，她一見我就偷偷向我擺手。我心知不妙，卻又無處可走，正遲疑，看見平房裏的張大媽對我努嘴，示意叫我退出去。可是「極左大媽」已經看見我了，提著名字喝住，我只好走上台階，站在默存旁邊。

我們都是陪鬥。那個用楊柳枝鞭我的姑娘拿著一把鋒利的剃髮推子，把兩名陪鬥的老太太和我都剃去半邊頭髮，剃成「陰陽頭」。有一位家庭婦女不知什麼罪名，也在我們隊裏。她含淚合掌，向那姑娘拜佛似的拜著求告，總算幸免剃頭。我不願長他人志氣，求那姑娘開恩，我由她剃光了半個頭。那是八月二十七日晚上。

剃了「陰陽頭」的，一個是退休幹部，她可以躲在家裏；另一個是中學校長，向來穿幹部服、戴幹部帽，她可以戴著帽子上班。我沒有帽子，大暑天也不能包頭巾，卻又不能躲在家裏。默存急得直說「怎麼辦？」我持強說：「兵來將擋，火來水擋；總有辦法。」我從二樓走上三樓的時候，果然靈機一動，想出個辦法來。我女兒幾年前剪下兩條大辮子，我用手帕包著藏在櫃裏，這會子可以用來做一頂假髮。我找出一只掉了耳朵的小鍋做楦子，用默存的壓髮帽做底，解開辮子，把頭髮一小股一小股縫上去。我想不出別的方法，也沒有工具，連漿糊膠水都沒有。我費了足足一夜工夫，做成一頂假髮，害默存整夜沒睡穩（因爲他不會幫我，我不要他白陪著）。

我笑說，小時候老羨慕弟弟剃光頭，洗臉可以連帶洗頭，這回我至少也剃了半個光頭。果然，羨慕的事早晚會實現，只是變了樣。我自持有了假髮，「陰陽頭」也無妨。可是一戴上假髮，方知天生毛髮之妙，原來一根根都是通風的，一頂假髮卻像皮帽子一樣，大暑天蓋在頭上悶熱不堪，簡直難以忍耐。而且光頭戴上假髮，顯然有一道界線。剪下的辮子擱置多年，已由烏黑變成枯黃色，和我的黑髮色澤不同——那時候我的頭髮還沒有花白。

來京串連的革命小將乘車不買票，公共車輛擁擠不堪，上車不易。我和默存只好各自分頭擠車。我戴著假髮硬擠上一輛車，進不去，只能站在車門口的階梯上，比車上的乘客低兩個階層。我有月票，不用買票，可是售票員一眼識破了我的假髮，對我大喝一聲：「哼！你這黑幫！你也上車？」我聲明自己不是「黑幫」。「你不是黑幫是什麼？」她看著我的頭髮。乘客都好奇地看我。我心想：「我是什麼？牛鬼蛇神、權威、學者，哪個名稱都不美，還是不說爲妙。」我腳裏明白，等車一停，立即下車。直到一年以後，我全靠兩條腿走路。

街上的孩子很尖利，看出我的假髮就伸手來揪，幸有大人喝住，我才免了當街出彩。我託人買了一只藍布帽子，可是戴上還是形跡可疑，出門不免提心吊膽，望見小孩子就忙從街這邊躲到街那邊，跑得一溜煙，活是一隻過街的老鼠。默存願意陪我同走，可是戴眼鏡又剃光頭的老先生，保護不了我。我還是獨走靈便。

我們生活上許多事都得自己料理。革命羣眾已通知煤廠不得爲「牛鬼蛇神」家送煤。我們日用的蜂窩煤餅，一個個都得自己到煤廠去買。鹹菜、土豆當然也得上街買。賣菜的大娘也和小孩子一樣尖利，眼睛總盯著我的假髮。有個大娘滿眼敵意，冷冷地責問我：「你是什麼人？」我不知該怎麼回答，以後就和默存交換任務：他買菜，我買煤。我每天下班路過煤廠，買三塊大煤、兩塊小煤，用兩只網袋裝了一前一後搭在肩上，因爲我掃地掃得兩手無力，什麼都拿不動了。煤廠工人是認識我的。他們明知我是「牛鬼蛇神」，卻十分照顧。我下班趕到煤廠，往往過了營業時間，他們總放我進廠，叫我把錢放在案上，任我自取煤餅。有一次煤廠工人問我：「你燒得了這麼多煤嗎？」我說：「六天買七天的，星期日休假。」

他們聽我還給自己「休假」，都笑了。往常給我家送煤的老田說：「乾脆我給你送一車吧。」他果然悄悄兒給我送了一車。我央求他給李健吾和唐棣華家也送些煤，他也送了。這事不幸給「極左大娘」知道，立即帶著同夥趕到煤廠，制止了送煤。

不久以後，聽說「極左大娘」在前院挨鬥了。據說她先前是個私門子，嫁過敵僞小軍官。傳聞不知眞假，反正我們院子裏從此安靜了。有個醜丫頭見了我就跟著臭罵，有個大娘公然護著我把她訓斥了一頓，我出入大院不再挨罵。

宿舍大院裏的暴風雨暫時過境，風勢和緩下來，不過保不定再來一陣。「一切牛鬼蛇神」正在遭受「橫掃」，我們得戰戰慄慄地待罪。

可是我雖然每天胸前掛著罪犯的牌子，甚至在羣眾憤怒而嚴厲的呵罵聲中，認眞相信自己是虧負了人民、虧負了黨，但我卻覺得，即使那是事實，我還是問心無愧，因爲——什麼理由就不必細訴了，我也懶得表白，反正「我自巍然不動」。打我罵我欺侮我都不足以辱我，何況我所遭受的實在微不足道。至於天天吃窩窩頭鹹菜的生活，又何足折磨我呢。我只反覆自慰：假如我短壽，我的一輩子早完了，也不能再責望自己做這樣那樣的事；我不能像莎士比亞《暴風雨》裏的米蘭達，驚呼「人類多美呀。啊，美麗的新世界……！」我卻見到了好個新奇的世界。

二　顛倒過來

派給我的勞動任務很輕，只需收拾小小兩間女廁。這原是文學所小劉的工作。她是臨時工，領最低的工資——每月十五元。我是婦女裏工資最高的。革命羣眾叫我幹小劉的活兒，小劉卻負起監督文學所全體「牛鬼蛇神」的重任。這就叫「顛倒過來」。

我心上慨嘆：這回我至少可以不「脫離實際」，而能「爲人民服務」了。

我看過那兩間污穢的廁所，也料想我這份工作是相當長期的，絕不是三天兩天或十天八天的事。我就置備了幾件有用的工具，如小鏟子、小刀子，又用了竹筷和布條做了一個小拖把，還帶些去污粉、肥皂、毛巾之類和大小兩個盆兒，放在廁所裏。不出十天，我把兩個斑剝陸離的瓷坑、一個垢污重重的洗手瓷盆，和廁所的門窗板壁都擦洗得煥然一新。瓷坑和瓷盆原是上好的白瓷製成，鏟刮掉多年積污，雖有破缺，仍然雪白錚亮。三年後，潘家洵太太告訴我：「人家說你收拾的廁所眞乾淨，連水箱的拉鏈上都沒一點灰塵。」這當然是過獎了。不過我確還勤快，不是爲了榮譽或「熱愛勞動」，我只是怕髒怕臭，而且也沒有別的事可做。

小劉告訴我，去污粉、鹽酸、墩布等等都可向她領取。小劉是我的新領導，因爲那兩間女廁屬於她的領域。我遇到了一個非常好的領導。她尊重自己的下屬，好像覺得手下有我，大可自豪。她一眼看出我的工作遠勝於她，卻絲毫沒有忌嫉之心，對我非常欣賞。我每次向她索取工作的用具，她一點沒有架子，馬上就拿給我。默存曾向我形容小劉的威風。文學所的「牛鬼蛇神」都聚在一間屋裏，不像我們分散幾個辦公室，也沒有專人監視。我很想看默存一夥的處境。一次，我估計他們已經掃完院子，就藉故去找小劉。我找到三樓一間悶熱的大辦公室，看見默存和他同夥的「牛鬼蛇神」都在那裏。他們把大大小小的書桌拼成馬蹄形，大夥兒挨挨擠擠地圍坐成一圈。上首一張小桌是監管大員小劉的。她端坐桌前，滿面嚴肅。我先在門外偷偷和室內熟人打過招呼，然後就進去問小劉要收拾廁所的東西。她立即離席陪我出來，找了東西給我。

幾年以後，我從幹校回來，偶在一個小胡同裏看見小劉和一個女伴推著一輛泔水車迎面而來。我正想和她招呼，她卻假裝不見，和女伴交頭接耳，目不斜視，只顧推車前去。那女伴頻頻回頭，看了我幾眼。小劉想必告訴她，我是曾在她管下的「牛鬼蛇神」。

收拾廁所有意想不到的好處。那時候常有紅衛兵闖來「造反」。據何其芳同志講，他一次被外地來的紅衛兵抓住，問他是幹什麼的——他揪出較早，身上還不掛牌子。他自稱是掃院子的。

「掃院子的怎麼戴眼鏡兒？」

他說從小近視。可是旁人指出他是何其芳。那位小將湊近前去，悄悄說了不少仰慕的話。其芳同志後來對默存偷偷兒講了這番遭遇。我不能指望誰來仰慕我。我第一次給外來的紅衛兵抓住，就老老實實按身上掛的牌子報了姓名，然後背了我的罪名：一、拒絕改造；二、走白專道路；三、寫文章放毒。那個紅衛兵覺得我這個小鬼不足道，不再和我多說。可是我怕人揪住問罪，下次看見外來的紅衛兵之流，就躲入女廁。眞沒想到女廁也神聖不可侵犯，和某些大教堂、大寺院一樣，可充罪犯的避難所。

我多年失眠，卻不肯服安眠藥，怕上癮；學做氣功，又像王安石「坐禪實不虧人」，坐定了就想出許多事來，要坐著不想是艱苦的奮鬥。我這番改行掃廁所，頭腦無需清醒，失眠就放心不眠。我躺著想到該做什麼事，就起來做。好在我的臥室在書房西邊，默存睡在書房東邊的套間裏，我行動輕，不打攪他。該做的事眞不少。第一要緊的是銷毀「罪證」，因爲毫無問題的字紙都會成爲嚴重的罪證。例如我和小妹妹楊必的家信，滿紙胡說八道，引用的典故只我們姊妹了解，又常用家裏慣用的切口。家信不足爲外人道，可是外人看來，保不定成了不可告人的祕密或特別的密碼。又如我還藏著一本《牙牌神數》，這不是迷信嗎？家信之類是捨不得撕毀，《神數》之類是沒放在心上。我每晚想到什麼該毀掉的，就打著手電，赤腳到各處去搜出來。可是「毀屍滅跡」大非易事。少量的紙灰可以澆濕了拌入爐灰，傾入垃圾；燒的時候也不致冒煙。大疊的紙卻不便焚燒，怕冒煙。紙灰也不能傾入垃圾，因為準有人會檢查，垃圾裏有紙灰就露餡了。我女兒為爸爸買了他愛吃的糖，總把包糖的紙一一剝去，免得給人從垃圾裏撿出來。我常把字紙撕碎，浸在水裏揉爛，然後拌在爐灰裏。這也只能少量。留著會生麻煩的字紙真不少。我發現我們上下班隨身帶的手提袋從不檢查，就大包大包帶入廁所，塞在髒紙簍裏，然後倒入焚化髒紙的爐裏燒掉。我只可惜銷毀的全是平白無辜的東西，包括好些值得保留的文字。假如我是特務，收拾廁所就為我大開方便之門了。

我們「牛鬼蛇神」勞動完畢，無非寫交代，做檢討，或學習。我藉此可以扶頭瞌睡，或胡思亂想，或背誦些喜愛的詩詞。我夜來抄寫了藏在衣袋裏，背不出的時候就上廁所去翻開讀讀。所以我盡量把廁所收拾得沒有臭味，不時的開窗流通空氣，又把瓷坑抹拭得乾乾淨淨，尤其是擋在坑前的那個瓷片（我稱為「照牆」）。這樣呢，我隨時可以進去坐坐，雖然只像猴子坐釘，也可以休息一會。

一次我們這夥「牛鬼蛇神」搬運了一大堆煤塊，餘下些煤末子，就對上水，做成小方煤塊。一個小女孩在旁觀看。我逗她說：「瞧，我們做巧克力糖呢，你吃不吃？」她樂得嘻嘻哈哈大笑，在我身邊跟隨不捨。可是不久她就被大人拉走了；她不大願意，我也不大捨得。過兩天，我在廁所裏打掃，聽見這小女孩在問人：「她是幹什麼的？」有人回答說：「掃廁所的。」從此她正眼也不瞧我，怎麼也不肯理我了。一次我看見她買了大捆的蔥抱不動，只好拖著走。我要幫她，她卻別轉了臉不要我幫。我不知該慨嘆小孩子家也勢利，還是該讚嘆小孩子家也會堅持不與壞人為伍，因為她懂得掃廁所是最低賤的事，那時候掃廁所是懲罰，受這種懲罰的當然不是好人；至於區別好人壞人，原不是什麼簡單的事。

我自從做了掃廁所的人，卻享到此向所未識的自由。我們從舊社會過來的老人，有一套習慣的文明禮貌，雖然常常受到「多禮」的譴責，卻屢戒不改。例如見了認識的人，總含笑招呼一下，儘管自己心上不高興，或明知別人不喜歡我，也不能見了人不理睬。我自從做了「掃廁所的」，就樂得放肆，看見我不喜歡的人乾脆呆著臉理都不理，甚至瞪著眼睛看人，好像他不是人而是物。絕沒有誰會責備我目中無人，因為我自己早已不是人了。這是「顛倒過來」了意想不到的妙處。

可是到廁所來的人，平時和我不熟的也相當禮貌。那裏是背人的地方，平時相熟的都會悄悄慰問一聲：「你還行嗎？」或「頂得住嗎？」或關切我身體如何，或問我生活有沒有問題。我那頂假髮已經幾次加工改良。有知道我戴假髮的，會湊近細看說：「不知道的就看不出來。」有人會使勁「咳！」一聲表示憤慨。有一個平時也並不很熟的年輕人對我做了個富有同情的鬼臉，我不禁和她相視而笑了。事過境遷，羣眾有時還談起我收拾廁所的故事。可是我忘不了的，是那許多人的關心和慰問，尤其那個可愛的鬼臉。

三　一位騎士和四個妖精

我變成「牛鬼蛇神」之後，革命羣眾俘虜了我翻譯的《堂吉訶德》，並活捉了我筆下的「四個大妖精」。堂吉訶德是一位正派的好騎士，儘管做了俘虜，也絕不肯損害我。四個大妖精卻調皮搗蛋，造成了我的彌天大罪。不過仔細想來，妖精還是騎士招來的。「罪證」往往意想不到。我白白的終夜睜著兩眼尋尋覓覓，竟沒有發現偌大四個妖精，及早判處他們火刑。

我剃成陰陽頭的前夕，出版社的一個造反派到學部來造反，召我們外文所的牛鬼蛇神晚飯後到大席棚挨鬥。（默存他們一夥挨鬥是另一天，他們許多人都罰跪了。）我回家吃完晚飯出門，正值暴雨。我撐著雨傘，穿上高筒膠鞋，好不容易擠上公共汽車，下車的時候，天上的雨水眞是大盆大盆的潑下來，街上已積水成河。我趕到席棚，衣褲濕了大半，膠鞋裏傾出半靴子雨水。我已經遲到，不知哪兒來的高帽子和硬紙大牌子都等著我了。我忙忙戴上帽子，然後舉起雙手，想把牌子掛上脖子，可是帽子太高，我兩臂高不過帽子。旁邊「革命羣眾」的一員靜靜地看著，指點說：「先戴牌子，再戴帽子呀。」我經他提醒，幾乎失笑，忙摘下帽子，按他的話先掛牌子，然後戴上高帽。我不過是陪鬥，主犯是誰我也不清楚，覺得挨罵的不是我，反正我低頭站在台邊上就是了。揪鬥完畢，革命小將下了道命令：「把你們的黑稿子都交出來！」

「黑稿子？」什麼是「黑稿子」呢？據我同夥告訴我，我翻譯的《吉爾．布拉斯》「誨淫誨盜」，想必是「黑」的了。《堂吉訶德》是不是「黑」呢？堂吉訶德是地主，桑丘是農民，書上沒有美化地主，歪曲農民嗎？巨人怪獸，不都是迷信嗎？想起造反派咄咄逼人的威勢，不敢不提高警惕。我免得這部稿子遭殃，還是請革命羣眾來判定黑白，料想他們總不至於把這部稿子也說成「黑稿子」。

《堂吉訶德》原著第一第二兩部各四冊，共八冊，我剛譯完第六冊的一半。我每次謄清了譯稿，就把草稿扔了。稿紙很厚，我準備在上面再修改加工的。這一大疊稿子重得很，我用牛皮紙包好，用麻繩捆上，再用紅筆大字寫上「《堂吉訶德》譯稿」。我抱著這個沉重的大包擠上車，擠下車，還得走一段路。雨後泥濘，路不好走，我好不容易抱進辦公室去交給組祕書。我看準他爲人憨厚，從來不「左得可怕」。我說明譯稿只此一份，沒留底稿，並說，不知這部稿子是否「黑」。他很同情地說「就是嘛！」顯然他不贊成沒收。可是我背後另一個聲音說：「交給小C。」小C原是通信員，按「顚倒過來」的原則，他是很有地位的負責人。原來那時候革命羣眾已經分裂爲兩派了，小C那一派顯然認爲《堂吉訶德》是「黑稿子」，該沒收。小C接過稿子抱著要走，組祕書鄭重叮囑說，「可這是人家的稿子啊，只有這一份，得好好兒保管。」小C不答，拿著稿子走了。我只好倒抽一口冷氣，眼睜睜看著堂吉訶德做了俘虜。那一天眞是我不幸的一天，早上交出《堂吉訶德》譯稿，晚上給剃成「陰陽頭」。

不久以後，一個星期日，不知哪個革命團體派人來我家沒收尙未發表的創作稿。我早打定主意，什麼稿子都不交出去了。我乾脆說：「沒有」。他又要筆記本。我隨手打開抽屜，拿到兩本舊筆記，就交給他。他說：「我記得你不止兩本。」的確不止兩本，可是當時我只拿到兩本。我說：「沒有了」。那位年輕人也許本性溫和，也許有祖護之意，並不追問，也不搜查，就回去交差了。他剛走不久，我就找出一大疊整齊的筆記本，原本交出去的那兩本是因爲記得太亂，不打算保留的，所以另放一處。

我經常失眠，有時精神不振，聽報告總專心做筆記，免得瞌睡。我交出去的兩本是倦極亂記的。我不便補交，乾脆把沒交的一疊筆記銷毀了事，這件事就置之腦後了。

一九六七年夏，我所的革命羣眾開始解放「牛鬼蛇神」。被解放的就「下樓」了。我是首批下樓的二人之一。從「牛棚」「下樓」，還得做一番檢討。我認眞做完檢討，滿以爲羣眾提些意見就能通過，不料他們向我質問「四個大妖精」的罪行。我呆了半晌，丈二的金剛摸不著頭腦。哪裏跳出來四個大妖精呢？有人把我的筆記本打開，放在我眼前，叫我自己看。我看了半天，認出「四個大妖精」原來是「四個大躍進」，想不到怎麼會把「大躍進」寫成「大妖精」，我腦筋裏一點影子都沒有。筆記本上，前後共有四次「四個大躍進」，只第二次寫成「四個大妖精」。我只自幸沒把糧、棉、煤、鐵畫成實物，加上眉眼口鼻，添上手腳，畫成跳舞的妖精。這也可見我確在悉心聽講，忙著記錄，只一念淘氣，把「大躍進」寫成「大妖精」。可是嚴肅的革命羣眾對「淘氣」是不能理解的，至少是不能容忍的。我便是長了一百張嘴，也不能爲自己辯白。有人甚至把公認爲反動的「潛意識論」也搬來應用，說我下意識裏蔑視那位做報告的首長。假如他們「無限上綱」——也不必「無限」，只要稍微再往上提提，說我蔑視的是「大妖精」，也許就把我嚇倒了。可是做報告的首長正是我敬佩而愛戴的，從我的上意識到下意識，絕沒有蔑視的影蹤。他們強加於我的「下意識」，我可以很誠實地一口否認。

我只好再作檢討。一個革命派的「頭頭」命我把檢討稿先讓他過目。我自以爲檢討得很好，他卻認爲「很不夠」。他說：「你該知道，你筆記上寫這種話，等於寫反動標語。」我抗議說：「那是我的私人筆記。假如上面有反動標語，張貼有罪。」他不答理。我不服氣，不肯重作檢討，自己解放了自己。不過我這件不可饒恕的罪行，並沒有不了了之。後來我又爲這事兩次受到嚴厲的批評；假如要追究的話，至今還是個未了的案件。

我說四個妖精都由堂吉訶德招來，並不是胡賴，而是事實。我是個死心眼兒，每次定了工作計畫就一定要求落實。我定計畫的時候，精打細算，自以爲很「留有餘地」。我一星期只算五天，一月只算四星期，一年只算十個月。一年三百六十五天，只有二百個工作日，我覺得太少了，還不到一年三分之二。可是，一年要求二百個工作日，眞是難之又難，簡直辦不到。因爲面對書本，埋頭工作，就導致不問政治，脫離實際。即使沒有「運動」的時候，也有無數的學習會、討論會，報告會等等，占去不少時日，或把可工作的日子割裂得零零碎碎。如有什麼較大的運動，工作往往全部停頓。我們哪一年沒有或大或小的「運動」呢？

政治學習是一項重要的工作。我也知道應該認眞學習，積極發言。可是我認爲學習和開會耗費時間太多，耽誤了業務工作。學習會上我聽到長篇精采的「發言」，心裏敬佩，卻學不來，也不努力學。我只求「以勤補拙」；拙於言辭，就勤以工作吧。這就推我走上了「白專道路」。

「白專道路」是逆水行舟。凡是走過這條道路的都會知道，這條路不好走。而翻譯工作又是沒有彈性的，好比小工鋪路，一小時鋪多少平方米，欠一小時就欠多少平方米——除非胡亂塞責，那是另一回事。我如果精神好，我就超額多幹；如果工作順利，就是說，原文不太艱難，我也超額多幹。超額的成果我留做「私蓄」，有虧欠可以彌補。攢些「私蓄」很吃力，四五天攢下的，開一個無聊的會就耗盡了。所以我老在早作晚息攢「私蓄」，要求工作能按計畫完成。便在運動高潮，工作停頓的時候，我還偷工夫一點一滴的攢。《堂吉訶德》的譯稿，大部分由涓涓滴滴積聚而成。我深悔一心爲堂吉訶德攢「私蓄」，卻沒爲自己積儲些多餘的精力，以致妖精乘虛而入。我做了「牛鬼蛇神」，每夜躺著想這想那，卻懵懵懂懂，一點沒想到有妖精鑽入筆記。我把這點疏失歸罪於堂吉訶德，我想他老先生也不會嗔怪的。

我曾想盡方法，要把堂吉訶德救出來。我向沒收「黑稿子」的「頭頭」們要求暫時發還我的「黑稿子」，讓我按著「黑稿子」，檢查自己的「黑思想」。他們並不駁斥我，只說，沒收的「黑稿子」太多，我那一份找不到了。我每天收拾女廁，費不了多少時間，同夥還沒掃完院子，我早已完事。我覺得單獨一人傻坐在辦公室裏不大安全，所以自願在羣眾的辦公室外面掃掃窗台，抹抹玻璃，藉此消磨時光。從堂吉訶德被俘後，我就想藉此尋找他的蹤跡。可是我這位英雄和古代小說裏的美人一樣，「侯門一入深似海」，我每間屋子都張望過了，沒見到他的影子。

過年以後，有一次我們「牛鬼蛇神」奉命打掃後樓一間儲藏室。我忽從凌亂的廢紙堆裏發現了我那包《堂吉訶德》譯稿。我好像找到了失散多年的女兒，忙抱起放在一只凳上，又驚又喜地告訴同夥：「我的稿子在這裏呢！」我打算冒險把稿子偷走。出門就是樓梯，下樓就沒人看守；抱著一個大紙包大模大樣在樓梯上走也不像做賊，樓下的女廁雖然不是我打掃的，究竟是個女廁，我可以把稿子暫時寄放，然後抱回家去。當然會有重重險阻，我且走一步是一步。監視我們的是個老幹部。我等他一轉背，就把稿子搶在手裏，可是剛舉步，未及出門，我同夥一個牛鬼蛇神——他是怕我犯了錯誤牽累他嗎？那可怪不到他呀；他該是出於對我的愛護吧？他指著我大喝一聲：「楊季康，你要幹什麼？」監視的幹部轉過身來，詫異地看著我。我生氣說：「這是我的稿子！」那位幹部才明白我的用意。他倒並不責問，只軟哄說：「是你的稿子。可是現在你不能拿走，將來到了時候，會還給你。」我說：「扔在廢紙堆裏就丟了。我沒留底稿，丟了就沒了！」我不記得當時還說了什麼「大話」，因爲我覺得這是吃了公家的飯幹的工作，不是個人的事。他答應好好兒保藏，隨我放在哪裏都行。我先把稿子放在書櫃裏，又怕占了太好的位置，別人需要那塊地方，會把稿子扔出來。所以我又把稿子取出，謹謹愼愼放在書櫃頂上，嘆口氣，硬硬心，撇下不顧。

軍工宣隊進駐學部以後，「牛鬼蛇神」多半恢復人身，重又加入羣眾隊伍，和他們一起學習。我請學習小組的組長向工人師傅要求發還我的譯稿，因爲我自知人微言輕，而他們也不懂得沒收稿子的緣由。組長說：「那是你的事，你自己去問。」我得耐心等待機會。工人師傅們一下班就興匆匆地打球，打完球又忙著監督我們學習，機會眞不易得。幾個月來，我先後三次鑽得空子，三次向他們請求。他們嘴裏答應，顯然是置之不理。直到下放幹校的前夕，原先的組祕書當了我們組的學習組長。我晚上學習的時候，遞了一個條子給他。第二天早上，他問明我那包稿子所在，立即親自去找來，交給我說：「快抱回家去吧！」

落難的堂吉訶德居然碰到這樣一位扶危濟困的騎士！我的感激，遠遠超過了我對許多人、許多事的惱怒和失望。

四　精采的表演

我不愛表演，也不善表演，雖然有一次登上了吉祥大戲院的大舞台，我仍然沒有表演。

那次是何其芳同志等「黑幫」挨鬥，我們夫婦在陪鬥之列。誰是導演，演出什麼戲，我全忘了，只記得氣氛很緊張，我卻困倦異常。我和默存並坐在台下，我低著頭只顧瞌睡。台上的檢討和台下的呵罵（只是呵罵，並未動武），我都置若罔聞。忽有人大喝：「楊季康，你再打瞌睡就揪你上台！」我忙睜眼抬頭，覺得嘴裏發苦，知道是心上慌張。可是一會兒我又瞌睡了，反正揪上台是難免的。

我們夫婦先後都給點名叫上舞台。登台就有高帽子戴。我學得訣竅，注意把帽子和地平線的角度盡量縮小，形成自然低頭式。如果垂直戴帽，就得把身子彎成九十度的直角才行，否則羣眾會高喊「低頭！低頭！」；陪鬥的不低頭，還會殃及主犯。當然這種訣竅，只有不受注意的「小牛鬼蛇神」才能應用。我把帽子往額上一按，緊緊扣住，不使掉落，眉眼都罩在帽子裏。我就站在舞台邊上，學馬那樣站著睡覺。誰也不知我這個跑龍套的正在學馬睡覺。散場前我給人提名叫到麥克風前，自報姓名，自報身分，挨一頓混罵，就算了事。當初坐在台下，唯恐上台；上了台也就不過如此。我站在台上陪鬥，不必表演；如果坐在台下，想要充當革命羣眾，除非我對「犯人」也像他們有同樣的憤怒才行，不然我就難了。說老實話，我覺得與其罵人，寧可挨罵。因爲罵人是自我表演，挨罵是看人家有意識或無意識地表演——表演他們對我的心意，而無意中流露的眞情，往往是很耐人尋味的。

可是我意想不到，有一次竟不由自主，演了一齣精采的鬧劇，充當了劇裏的主角。

《幹校六記》的末一章裏，提到這場專爲我開的鬥爭會。

羣眾審問我：「給錢鍾書通風報信的是誰？」

我說：「是我。」

「打著手電貼小字報的是誰？」

我說：「是我——爲的是提供線索，讓同志們據實調查。」

台下一片怒斥聲。有人說：「誰是你的『同志』！」

我就乾脆不稱「同志」，改稱「你們」。

聰明的夫婦彼此間總留些空隙，以便劃清界線，免得互相牽累。我卻一口擔保，錢鍾書的事我都知道。當時羣眾激憤——包括我自己。有人遞來一面銅鑼和一個槌子，命我打鑼。我正是火氣沖天，沒個發洩處；當下接過銅鑼和槌子，下死勁大敲幾下，聊以洩怒。這來可翻了天了。台下鬧成一片，要驅我到學部大院去遊街。一位中年老幹部不知從哪裏找來一塊污水浸霉發黑的木板，絡上繩子，叫我掛在頸上。木板是滑膩膩的，掛在脖子上很沉。我戴著高帽，舉著銅鑼，給羣眾押著先到稠人廣眾的食堂去繞一周，然後又在院內各條大道上「遊街」。他們命我走幾步就打兩下鑼，叫一聲「我是資產階級知識分子！」我想這有何難，就難倒了我？況且知識分子不都是「資產階級知識分子」嗎？叫又何妨！我暫時充當了《小癩子》裏「叫喊消息的報子」；不同的是，我既是罪人，又自報消息。當時雖然沒人照相攝入鏡頭，我卻能學孫悟空讓「元神」跳在半空中，觀看自己那副怪模樣，背後還跟著七長八短一隊戴高帽子的「牛鬼蛇神」。那場鬧劇實在是精采極了，至今回憶，想像中還能見到那個滑稽的隊伍，而我是那個隊伍的首領！

羣眾大概也忘不了我出的「洋相」，第二天見了我直想笑。有兩人板起臉來訓我：誰膽敢抗拒羣眾，叫他碰個頭破血流。我很爽氣大度，一口承認抗拒羣眾是我不好，可是我不能將無作有。他們倒還通情達理，並不再強逼我承認默存那樁「莫須有」的罪名。我心想：你們能逼我「遊街」，卻不能叫我屈服。我忍不住要模仿桑丘・潘沙的腔吻說：「我雖然『遊街』出醜，我仍然是個有體面的人！」

五　簾子和爐子

秋涼以後，革命羣眾把我同組的「牛鬼蛇神」和兩位本所的「黑」領導安頓在樓上東側一間大屋裏。屋子有兩個朝西的大窗，窗前掛著蘆葦簾子。經過整個夏季的曝曬，窗簾已陳舊破敗。我們收拾屋子的時候，打算撤下簾子，讓屋子更軒亮些。

「牛鬼蛇神」的稱呼已經不常用；有時稱爲「老傢伙」。「老傢伙」的名稱也不常用，一般稱「老先生」。我在這一夥裏最小——無論年齡、資格、地位都最小，揪出也最晚。同夥的「牛鬼蛇神」瞧我揪出後沒事人兒一般，滿不在意，不免詫怪。其實，我挨整的遭數比他們多。（因爲我一寫文章就「放毒」，也就是說，下筆就露餡兒，流露出「人道主義」、「人性論」等資產階級觀點。）他們自己就整過我。況且他們是紅專家，至少也是粉紅專家，或外紅裏白專家，我卻「白」而不「專」，也稱不上「家」。這回他們和我成了「一丘之貉」，當然委屈了他們，榮幸的是我。我們既然同是淪落人，有一位老先生慨然說：「咱們是難友了。」

陳翔鶴同志一次曾和他的難友發了一點小牢騷，立即受到他領導好一頓訓斥，因此他警告默存：「當心啊，難友會賣友。」我爲此也常有戒心。不過我既然和難友風雨同舟，出於「共濟」的精神，我還是大膽獻計說：「別撤簾子。」他們問「爲什麼？」我說：「革命羣眾進我們屋來，得經過那兩個朝西的大窗。隔著簾子，外面看不見裏面，裏面卻看得見外面。我們可以早作準備。」他們觀察實驗了一番，證明我說的果然不錯。那兩個大破簾子就一直掛著，沒有撤下。

一位難友曾說：「一天最關鍵的時刻是下午四時。傳我們去訓話或問話往往在四點以前，散會後羣眾就可以回家。如果到四點沒事，那一天就平安過去了。」他的觀察果然精確。不過自從我們搬入那間大屋，革命羣眾忙於打派仗，已不大理會我們。我們只要識趣，不招他們就沒事。我們屋裏有幾只桌子的抽屜是鎖著的，一次幾個革命羣眾洶洶然闖進來，砸開鎖，抄走了一些文件。我們都假裝不見，等他們走了才抬頭吐氣。砸鎖、抄東西的事也只偶然一見。我們有簾子隱蔽著，又沒有專人監督，實在很自由。如果不需寫交代或做檢查，可以專心學習馬列經典，也不妨傳閱小報，我抽屜裏還藏著自己愛讀的書。革命羣眾如有事要找我們，等他們進屋，準發現我們一個個都規規矩矩地伏案學習呢。

那間屋子裏沒有暖氣片，所以給我們裝一隻大火爐。我們自己去拾木柴，撿樹枝。我和文學所的木工老李較熟；我到他的木工房去借得一把鋸子，大家輪著學鋸木頭。我們做過些小煤餅子，又搬運些煤塊，輪流著生火和封火；封滅了明天重生，檢查之類的草稿正可用來生火。學部的暖氣並不全天供暖，我們的爐子卻整日熊熊旺盛。兩位外文所領導都回家吃飯，我們幾個「老先生」各帶一盒飯，先後在爐子上烤熱了吃，比飯堂裏排隊買飯方便得多。我們飯後各據一隅，拼上幾隻椅子權當臥榻，疊幾本書權當枕頭，胡亂休息一會。起來了大家一起說說閒話，講講家常，雖然不深談，也發點議論，談些問題。有時大家懊悔，當初該學理科，不該學文學。有時我們分不清什麼是「大是非」，什麼是「小是非」，一起捉摸研究。有時某人出門買些糖食，大家分享。常言道：「文人相輕」；又說是：「同行必妒」。我們既是文人，又是同行，居然能融融洽洽，同享簾子的蔽護和爐子的溫暖，實在是難而又難的難友啊！

六　披著狼皮的羊

我們剛做「牛鬼蛇神」，得把自我檢討交「監管小組」審閱。第一次的審閱最認眞，每份發回的檢討都有批語。我得的批語是「你這頭披著羊皮的狼！」同夥所得的批語都一樣嚴厲。我們詫怪說：「誰這麼厲害呀？」不久我們發現了那位審閱者，都偷偷端詳了他幾眼。他面目十分和善，看來是個謹厚的人。我不知他的姓名，按提綽號的慣例，把他本人的話做了他的名字，稱爲「披著羊皮的狼」，可是我總顚倒說成「披著狼皮的羊」，也許我覺得他只是披著狼皮的羊。

探險不必像堂吉訶德那樣走遍世界。在我們當時的處境，隨時隨地都有險可探。我對革命羣眾都很好奇，忍不住先向監管小組「探險」。

一次我們宿舍大院裏要求家家戶戶的玻璃窗上都用朱紅油漆寫上語錄。我們大樓的玻璃窗只能朝外開，我家又在三樓，不能站在窗外寫；所以得在玻璃內面，按照又笨又複雜的方式，塡畫成反寫的楷書，外面看來就成正文。我爲這項任務向監管小組請一天假。那位監管員毫不爲難，一口答應。我不按規格，用左手寫反字，不到半天就完成了工作，「偷得『勞生『半』日閒」，獨在家裏整理並休息。不久我找另一位監管員又輕易請得一天假。我家的煤爐壞了，得修理。這個理由比上次的理由更不充分。他很可以不准，叫我下班後修去。可是他也一口答應了。我只費了不到半天的工夫，自己修好了；又「偷得勞生半日閒」。過些時候，我向那位「披著狼皮的羊」請假看病。他並不盤問我看什麼病，很和善地點頭答應。我不過小小不舒服，沒上醫院，只在家休息，又偷得一日清閒。我漸漸發現，監管小組裏個個都是「披著狼皮的羊」。

秋涼以前，我們都在辦公室裏作息。樓上只有女廁有自來水，樓上辦公室裏寫大字報的同志，如要洗筆，總帶些歉意，很客氣地請我代洗。飯後辦公室人多嘈雜，我沒個休息處。革命羣眾中有個女同志頗有膽量，請我到她屋裏去歇午。她不和我交談，也不表示任何態度，但每天讓我在她屋裏睡午覺。有一次我指上扎了個刺，就走進革命羣眾的辦公室，伸出一個指頭說「扎了個刺」。有一位女同志很盡心地爲我找了一枚針，耐心在光亮處把刺挑出來。其實扎了個刺很可以耐到晚上回家再說，我這來仍是存心「探險」。我漸次發現，我們所裏的革命羣眾，都是些披上狼皮的羊。

我們當了「牛鬼蛇神」最怕節日，因爲每逢過節放假，革命羣眾必定派下許多「課外作業」。我們得報告假日做了什麼事，見了什麼人；又得寫心得體會。放假前還得領受一頓訓話，記著些禁令（如不准外出等）。可是有一次，一個新戰鬥團體的頭頭放假前對我們的訓話不同一般。我們大家都承認一項大罪：「拒絕改造」。他說，「你們該實事求是呀。你們難道有誰拒絕改造了嗎？『拒絕改造』和『沒改造好』難道是一回事嗎？」我聽了大爲安慰，驚奇地望著他，滿懷感激。我自從失去人身，難得聽到「革命羣眾」說這等有人性的語言。

我「下樓」以後，自己解放了自己，也沒人來管我。有一次，革命羣眾每人發一枚紀念章和一部《毛選》，我厚著臉去討，居然得了一份。我是爲了試探自己的身分。有個曾經狠狠挨整的革命派對我說，「我們受的罪比你們受的罪厲害多了，我還挨了打呢。」不錯呀，砸抽屜、抄文件的事我還如在目前。不久後，得勢的革命派也打下去了。他們一個個受審問，受逼供，流著眼淚委屈認罪。這使我想到上山下鄉後的紅衛兵，我在幹校時見到兩個。他們住一間破屋，每日撿些柴草，煮些白薯南瓜之類當飯吃，沒有工作，也沒人管，也沒有一本書，不知長年累月是怎麼過的。我做「過街老鼠」的日子，他們如餓狼一般，多可怕啊。曾幾何時，他們不僅脫去了狼皮，連身上的羊毛也在嚴冬季節給剃光了。我已悟到「冤有頭，債有主」；我們老傢伙也罷，革命小將也罷，誰也不是誰的敵人。反正我對革命的「後生」不再怕懼。

在北京建築地道的時期，攤派每戶做磚，一人做一百塊，得自己到城牆邊去挖取泥土，然後借公家的模子製造，曬乾了交公。那時默存已下幹校，女兒在工廠勞動，我一人得做磚三百塊。這可難倒了我，千思萬想，沒個辦法。我只好向一位曾監管我的小將求救。我說：「咱倆換工，你給我做三百塊磚，我給你打一套毛衣。」他笑嘻嘻一口答應。他和同伴替我做了磚，卻說我「這麼大年紀了」，不肯要我打毛衣。我至今還欠著那套毛衣。

幹校每次搬家，箱子都得用繩子纏捆，因爲由卡車運送，行李多，車輛小，壓擠得厲害。可是我不復像下幹校的時候那樣，事事得自己動手，總有當初「揪出」我們的革命羣眾爲我纏捆。而且不用我求，「披狼皮的羊」很多是大力士，他們會關心地問我：「你的箱子呢？捆上了嗎？」或預先對我說好：「我們給你捆。」默存同樣也有人代勞。我們由幹校帶回家的行李，纏捆得尤其周密，回家解開繩索，發現一只大木箱的蓋已經脫落，全靠纏捆得好，箱裏的東西就像是裝在完好的箱子裏一樣。

我在幹校屬菜園班，有時也跟著大隊到麥田或豆田去鋤草。隊長分配工作說：「男同志一人管四行，女同志一人管兩行——楊季康，管一行。」來自農村的年輕人幹農活有一手。有兩個能手對我說：「你一行也別管，跟我們來，我們留幾根『毛毛』給你鋤。」他們一人至少管六行，一陣風似的掃往前去。我跟在後面，鋤他們特意留給我的幾根「毛毛」。不知道的人，也許還以為我是勞模呢。

默存同樣有人照顧。我還沒下幹校的時候，他來信說，熱水瓶砸了，借用別人的，不勝戰戰兢兢。不久有個素不相識的年輕人來找我，說他就要下幹校，願為「錢先生」帶熱水瓶和其他東西。他說：「不論什麼東西，你交給我就行，我自有辦法。」熱水瓶，還有裝滿藥水的瓶，還有許多不便郵寄的東西，他都要求我交給他帶走。默存來信說，吃到了年輕人特為他做的蔥燒鯽魚和油爆蝦，在北京沒吃過這等美味。幹校搬到明港後，他的床位恰在北窗下，窗很大。天氣冷了，我一次去看他，發現整個大窗的每條縫縫都糊得風絲不透，而且乾淨整齊，玻璃也擦得雪亮，都是「有事弟子服其勞」。我每想到他們對默存的情誼，心上暖融融地感激。

我們從牛棚下樓後，房子分掉一半。幹校回來，強鄰難與相處，不得已只好逃亡。我不敢回屋取東西，怕吃了眼前虧還說不清楚。可是總有人為我保鏢，幫我拿東西。我們在一間辦公室裏住了三年。那間房，用我們無錫土話，叫做「坑缸連井灶」；用北方俗語，就是兼供「吃喝拉撒」的。聽來是十足的陋室。可是在那三年裏的生活，給我們留下無窮回味。文學所和外文所的年輕人出於同情，爲我們把那間堆滿什物的辦公室騰出來，打掃了屋子，擦洗了門窗，門上配好鑰匙，窗上掛好窗簾，還給拉上一條掛毛巾的鐵絲。默存病喘，暖氣片供暖不足，他們給裝上爐子，並從煤廠拉來一車、一車又一車的煤餅子，疊在廊下；還裝上特製的風斗，免中煤氣。默存的筆記本還鎖在原先的家裏，塵土堆積很厚。有人陪我回去，費了兩天工夫，整理出五大麻袋，兩天沒好生吃飯，卻飽餐塵土。默存寫《管錐編》經常要核對原書。不論中文外文書籍，他要什麼書，書就應聲而來。如果是文學所和外文所都沒有的書，有人會到北大圖書館或北京圖書館去借。如果沒有這種幫忙，《管錐編》不知還得延遲多少年月才能完呢。

我們「流亡」期間，默存由感冒引起喘病，嘖氣四小時才搶救出險。他因大腦皮層缺氧，反應失常，手腳口舌都不靈便，狀如中風，將近一年才回復正常。醫生囑咐我，千萬別讓他感冒。這卻很難擔保。我每開一次大會，必定傳染很重的感冒。我們又同住一間小小的辦公室，我怕傳染他，只好拚命吃藥；一次用藥過重，暈得不能起床，大會總是不該缺席的會，我不能爲了怕感冒而請假。我同所的年輕人常「替我帶一隻耳朵」去聽著，就是說，爲我詳細做筆記，供我閱讀，我就偷偷賴掉好些大會和小會，不但免了感冒，也省下不少時間。我如果沒有他們幫忙，我翻譯的《堂吉訶德》也不知得拖延多久才能譯完。關注和照顧我們的，都是丙午丁未年間「披著狼皮的羊」。

七　烏雲的金邊

按西方成語：「每一朵烏雲都有一道銀邊。」丙午丁未年同遭大劫的人，如果經過不同程度的摧殘和折磨，彼此間加深了一點了解，滋生了一點同情和友情，就該算是那一片烏雲的銀邊或竟是金邊吧？——因爲烏雲愈是厚密，銀色會變爲金色。

常言「彩雲易散」，烏雲也何嘗能永遠占領天空。烏雲蔽天的歲月是不堪回首的，可是停留在我記憶裏不易磨滅的，倒是那一道含蘊著光和熱的金邊。

隱身衣（廢話，代後記）

我們夫婦有時候說廢話玩兒。

「給你一件仙家法寶，你要什麼？」

我們都要隱身衣；各披一件，同出遨遊。我們只求擺脫羈束，到處閱歷，並不想為非作歹。可是玩得高興，不免放肆淘氣，於是驚動了人，隱身不住，得趕緊逃跑。

「啊呀！還得有縮地法！」

「還要護身法！」

想得越周到，要求也越多，乾脆連隱身衣也不要了。

其實，如果不想幹人世間所不容許的事，無需仙家法寶，凡間也有隱身衣；只是世人非但不以為寶，還唯恐穿在身上，像濕布衫一樣脫不下。因為這種隱身衣的料子是卑微。身處卑微，人家就視而不見，見而無睹。

我記得我國筆記小說裏講一人夢魂回家，見到了思念的家人，家裏人卻看不見他。他開口說話，也沒人聽見。家人團坐吃飯，他欣然也想入座，卻沒有他的位子。身居卑微的人也彷彿這個未具人身的幽靈，會有同樣的感受。人家眼裏沒有你，當然視而不見；心上不理會你，就會瞠目無睹。你的「自我」覺得受了輕忽或怠慢或侮辱，人家卻未知有你；你雖然生存在人世間，卻好像還未具人形，還未曾出生。這樣活一輩子，不是雖生猶如未生嗎？誰假如說，披了這種隱身衣如何受用，如何逍遙自在，聽的人只會覺得這是發揚阿Q精神，或闡述「酸葡萄論」吧？

且看咱們的常言俗語：要做個「人上人」呀，「出類拔萃」呀，「出人頭地」呀，「脫穎而出」呀，「出鋒頭」或「拔尖」「冒尖」呀等等，可以想見一般人都不甘心受輕忽。他們或悒悒而怨，或憤憤而怒，只求有朝一日掙脫身上這件隱身衣，顯身而露面。英美人把社會比作蛇阱（snake pit）。阱裏壓壓擠擠的蛇，一條條都拚命鑽出腦袋，探出身子，把別的蛇排擠開，壓下去；一個個冒出又沒入的蛇頭，一條條拱起又壓下的蛇身，扭結成團、難分難解的蛇尾，你上我下，你死我活，不斷的掙扎鬥爭。鑽不出頭，一輩子埋沒在下；鑽出頭，就好比大海裏坐在浪尖兒上的跳珠飛沫，迎日月之光而生輝，可說是大丈夫得志了。人生短促，浪尖兒上的一剎那，也可作一生成就的標誌，足以自豪。你是「窩囊廢」嗎？你就甘心鬱鬱久居人下？

但天生萬物，有美有不美，有才有不才。萬具枯骨，才造得一員名將；小兵小卒，豈能都成爲有名的英雄。世上有坐轎的，有抬轎的；有坐席的主人和賓客，有端茶上菜的侍僕。席面上，有人坐首位，有人陪末座。廚房裏，有掌勺的上灶，有燒火的灶下婢。天之生材也不齊，怎能一律均等。

人的志趣也各不相同。《儒林外史》二十六回裏的王太太，津津樂道她在孫鄉紳家「吃一、看二、眼觀三」的席上，坐在首位，一邊一個丫頭爲她掠開滿臉黃豆大的珍珠拖掛，讓她露出嘴來吃蜜餞茶。而《堂吉訶德》十一章裏的桑丘，卻不愛坐酒席，寧願在自己的角落裏，不裝斯文，不講禮數，吃些麵包蔥頭。有人企求飛上高枝，有人寧願「曳尾塗中」。人各有志，不能相強。

有人是別有懷抱，旁人強不過他。譬如他寧願「曳尾塗中」，也只好由他。有人是有志不伸，自己強不過命運。譬如庸庸碌碌之輩，偏要做「人上人」，這可怎麼辦呢？常言道：「煩惱皆因強出頭」。猴子爬得愈高，尾部又禿又紅的醜相就愈加顯露；自己不知道身上只穿著「皇帝的新衣」，卻忙不迭地掙脫「隱身衣」，出乖露醜。好些略具才能的人，一輩子掙扎著求在人上，虛耗了畢生精力，一事無成，眞是何苦來呢。

我國古人說：「彼人也，予亦人也。」西方人也有類似的話，這不過是勉人努力向上，勿自暴自棄。西班牙諺云：「幹什麼事，成什麼人。」人的尊卑，不靠地位，不由出身，只看你自己的成就。我們不妨再加上一句：「是什麼料，充什麼用。」假如是一個蘿蔔，就力求做個水多肉脆的好蘿蔔；假如是棵白菜，就力求做一棵瓷瓷實實的包心好白菜。蘿蔔白菜是家常食用的菜蔬，不求做廟堂上供設的珍果。我鄉童謠有「三月三，薺菜開花賽牡丹」的話。薺菜花怎賽得牡丹花呢！我曾見草叢裏一種細小的青花，常猜測那是否西方稱為「勿忘我」的草花，因為它太渺小，人家不容易看見。不過我想，野草野菜開一朵小花報答陽光雨露之恩，並不求人「勿忘我」，所謂「草木有本心，何求美人折」。

我愛讀東坡「萬人如海一身藏」之句，也企慕莊子所謂「陸沉」。社會可以比作「蛇阱」，但「蛇阱」之上，天空還有飛鳥；「蛇阱」之旁，池沼裏也有游魚。古往今來，自有人避開「蛇阱」而「藏身」或「陸沉」。消失於眾人之中，如水珠包孕於海水之內，如細小的野花隱藏在草叢裏，不求「勿忘我」，不求「賽牡丹」，安閒舒適，得其所哉。一個人不想攀高就不怕下跌，也不用傾軋排擠，可以保其天真，成其自然，潛心一志完成自己能做的事。

而且在隱身衣的掩蓋下，還會別有所得，不怕旁人爭奪。蘇東坡說：「山間之明月，水上之清風」是「造物者之無盡藏」，可以隨意享用。但造物所藏之外，還有世人所創的東西呢。世態人情，比明月清風更饒有滋味；可作書讀，可當戲看。書上的描摹，戲裏的扮演，即使栩栩如生，究竟只是文藝作品；人情世態，都是天眞自然的流露，往往超出情理之外，新奇得令人震驚，令人駭怪，給人以更深刻的效益，更奇妙的娛樂。唯有身處卑微的人，最有機緣看到世態人情的眞相，而不是面對觀眾的藝術表演。

不過這一派胡言純是廢話罷了。急要掙脫隱身衣的人，聽了未必入耳；那些不知世間也有隱身衣的人，知道了也還是不會開眼的。平心而論，隱身衣不管是仙家的或凡間的，穿上都有不便——還不止小小的不便。

英國威爾斯（H. G. Wells）的科學幻想小說《隱形人》（*Invisible Man*）裏，寫了一個人使用科學方法，得以隱形。可是隱形之後，大吃苦頭。例如天冷了不能穿衣服，穿了衣服只好躲在家裏，出門只好光著身子，因爲穿戴著衣服鞋帽手套而沒有臉的人，跑上街去，不是興妖作怪嗎？他得把必須外露的面部封閉得嚴嚴密密：上部用帽檐遮蓋，下部用圍巾包裹，中部架上黑眼鏡，鼻子和兩頰包上紗布，貼滿橡皮膚。要掩飾自己的無形，還須這樣煞費苦心！

當然，這是死心眼兒的科學製造，比不上仙家的隱身衣。仙家的隱身衣隨時可脫，而且能把凡人的衣服一併隱掉。不過，隱身衣下面的血肉之軀，終究是凡胎俗骨，耐不得嚴寒酷熱，也禁不起任何損傷。別說刀槍的襲擊，或水燙火灼，就連磚頭木塊的磕碰，或笨重的踩上一腳，都受不了。如果沒有及時逃避的法術，就需練成金剛不壞之軀，才保得無事。

穿了凡間的隱身衣有同樣不便。肉體包裹的心靈，也是禁不起炎涼，受不得磕碰的。要練成刀槍不入、水火不傷的功夫，談何容易！如果沒有這份功夫，偏偏有緣看到世態人情的眞相，就難保不氣破了肺，刺傷了心，哪還有閒情逸致把它當好戲看呢。況且，不是演來娛樂觀眾的戲，不看也罷。假如法國小說家勒薩日筆下的瘸腿魔鬼請我夜遊，揭起一個個屋頂讓我觀看屋裏的情景，我一定辭謝不去。獲得人間智慧必須身經目擊嗎？身經目擊必定獲得智慧嗎？人生幾何！憑一己的經歷，沾沾自以爲獨具冷眼，閱盡人間，安知不招人暗笑。因爲凡間的隱身衣不比仙家法寶，到處都有，披著這種隱身衣的人多得很呢，他們都是瞎了眼的嗎？

但無論如何，隱身衣總比國王的新衣好。

一九八六年

新人間叢書92

幹校六記——及將飲茶等篇

作者—楊絳
副總編輯—葉美瑤
編輯—黃嬿羽
美編—周家瑤
企劃—陳靜宜
校對—余淑宜、黃嬿羽

董事長—趙政岷
出版者—時報文化出版企業股份有限公司
108019台北市和平西路三段二四〇號三樓
客服專線—（〇二）二三〇六—六八四二
讀者服務專線—〇八〇〇—二三一—七〇五・（〇二）二三〇四—七一〇三
讀者服務傳眞—（〇二）二三〇四—六八五八
郵撥—一九三四四七二四時報文化出版公司
信箱—10899台北華江橋郵局第九十九信箱
時報悅讀網—http://www.readingtimes.com.tw
電子郵件信箱—liter@readingtimes.com.tw
印刷—勁達印刷有限公司
初版一刷—二〇〇六年二月二十七日
初版九刷—二〇二三年六月七日
定價—新台幣二二〇元

時報文化出版公司成立於一九七五年，
並於一九九九年股票上櫃公開發行，於二〇〇八年脫離中時集團非屬旺中，
以「尊重智慧與創意的文化事業」爲信念。

ISBN 957-13-4445-1
Printed in Taiwan

國家圖書館出版品預行編目資料

幹校六記——及將飲茶等編 ／ 楊絳著．—初版．—臺北市：
時報文化，2006〔民95〕
面；　公分．—（新人間叢書；92）

ISBN 957-13-4445-1（平裝）

855　　　　95002313